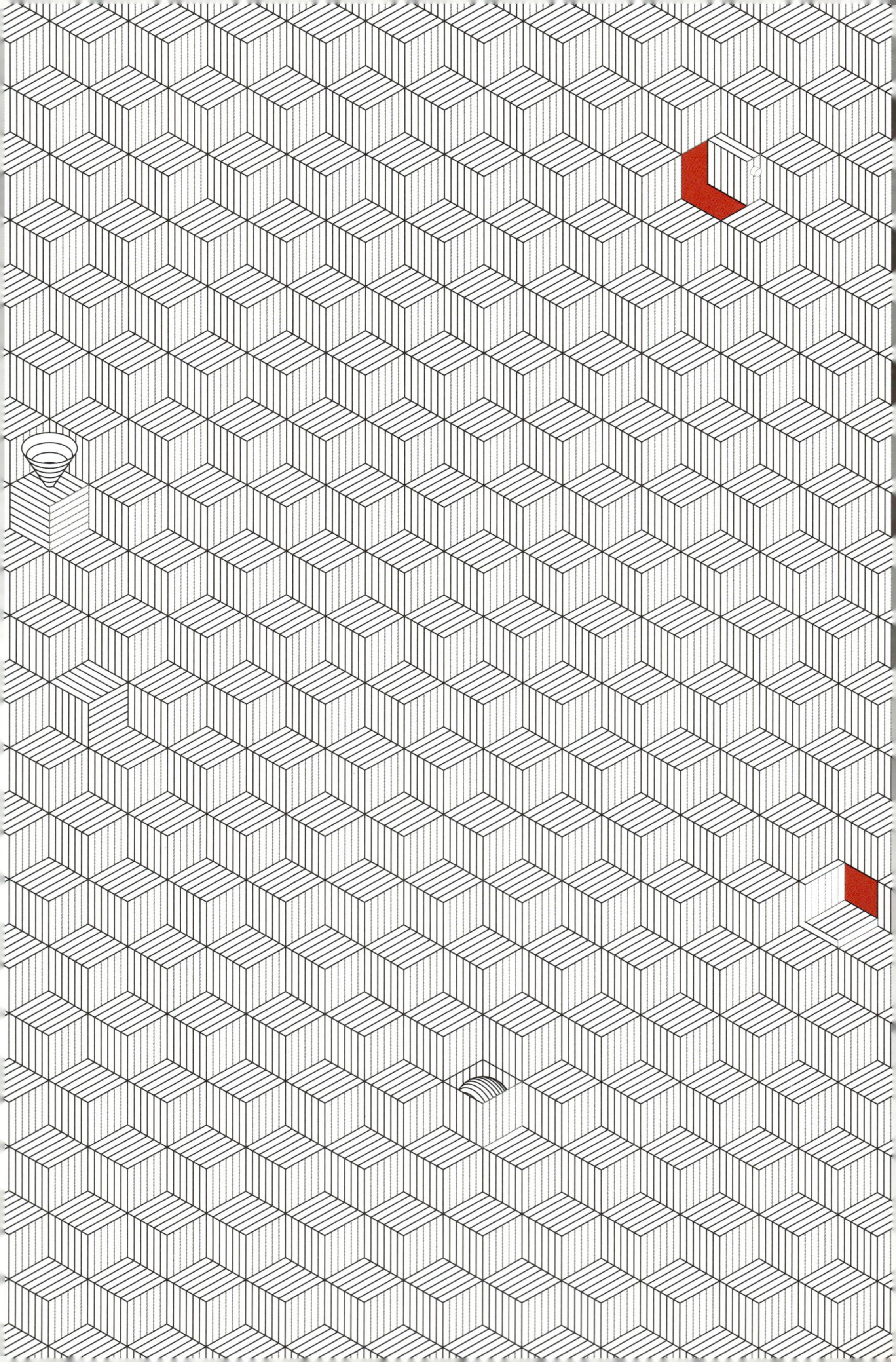

EDUARDO BERTI & MONOBLOQUE

BREVE CATÁLOGO DE INVENCIONES IMAGINARIAS

INVENTARIO DE INVENTOS (inventados)

IMPEDIMENTA

MIL INVENTOS Y ESTE INTENTO

Un gran escritor ruso decía que en toda casa, incluso en la más perfecta, siempre falta una habitación. La experiencia nos permite suponer que, si a la casa le añadiéramos esa habitación, faltaría otra más. El mundo es así, a imagen de la casa de *La muerte de Ivan Illich*: algo eternamente incompleto, algo a reinventar sin fin. Al mundo siempre le falta algo, y la humanidad no hace más que añadiduras, aunque se limite a engendrar basura o aunque, en su afán por engendrar y sumar, haga desaparecer cosas preciadas, como especies animales o vegetales. Algunos creen, como en el tango de Enrique Cadícamo, que al mundo le falta un tornillo y no hay mecánico que lo pueda arreglar. Otros, menos pesimistas, se desvelan en inventar los remedios o los útiles para una vida o una sociedad mejor.

La insatisfacción, se sabe, es el motor que une a los artistas y a los científicos de todas las épocas y de todos los rincones del planeta. El deseo de que el mundo sea diferente. O la simple vanidad de decirse que, tras un pequeño acto, hemos sumado al paisaje algo que faltaba. Este libro, por ejemplo, no existía hasta que fue escrito e impreso. Para eso hubo que inventarlo.

Los escritores, también se sabe, son inventores en múltiples sentidos. Inventan personajes y conflictos entre personajes; inventan acciones, escenas e historias, pero también geografías, ciudades (la Macondo de García Márquez) o países (la Poldavia de Marcel Aymé). Inventan palabras (como Josef y Karel Čapek con «robot») o formas literarias (como Gómez de la Serna y sus «greguerías») y redescubren América cuando reinventan el libro, como el caso genial de Raymond Queneau con sus *Cien billones de poemas*, que ponen a funcionar una especie de máquina combinatoria de versos.

A esto se añaden los autores que en sus obras incluyen objetos que no existen (o que no existían entonces) en esa ilusión colectiva llamada mundo real. Y así llegamos al asunto que trata este libro, que no podía llamarse sino *Inventario*, pues se ocupa de las invenciones ficticias: artefactos, herramientas y utensilios de toda clase, medios de transporte, medios de comunicación, implementos más o menos inútiles, brebajes y pociones más o menos mágicos.

Abundan, al respecto, ejemplos muy célebres (como la máquina para viajar en el tiempo o la píldora para volverse invisible o ser inmortal), pero asimismo otros menos conocidos, que el lector hallará aquí: desde el *Baby HP* del mexicano Juan José Arreola hasta la *kallocaína* (droga de la verdad) de la escritora y pacifista sueca Karin Boye, pasando por la *superficina* de Sigismund Krzyzanowski, la *máquina de rezar* de Roger Zelazny y diversas ocurrencias de autores tan variados como Jules Verne, Italo Calvino, Jorge Luis Borges, Alphonse Allais, J. R. Wilcock, Stanisław Lem, Juan de la Coba, Roald Dahl o Dino Buzzati. Como se trata de inventar, no hemos podido resistirnos… Y entre ellos deslizamos libros y autores ideados para la ocasión.

Desde los tiempos de Leonardo (inventor, pintor y autor de magníficas fábulas), e incluso desde antes, la frontera entre la creación artística y la creación científica o industrial ha llegado a ser delgada. Lo recuerdan el caso del italiano Leon Battista Alberti, sabio renacentista por excelencia, del francés Blaise Pascal, autor de pensamientos literarios y de una calculadora que funcionaba con ruedas y engranajes, de la norteamericana Amanda Theodosia Jones (a quien le debemos versos y el enlatado al vacío), del británico Richard Lovell Edgeworth, inventor del telégrafo aéreo y autor de un tratado para la educación de las hijas (quizá empleado en la formación de la futura novelista Maria Edgeworth) o el del poeta francés Charles Cros, amigo de Rimbaud y Verlaine y creador del paleófono, precursor del fonógrafo de Edison.

Sean un aporte científico o artístico, los inventos responden en definitiva a nuestros deseos, nuestros sueños humanos, nuestros temores, nuestras necesidades, curiosidades o ambiciones, y proponen formas de resolverlos. O, más modestamente, de nombrarlos. De jugar con ellos. De exorcizarlos o poetizarlos. La melancólica invención de Morel, precursora del holograma, es un ardid del que Bioy Casares, amante del cine y las mujeres, se sirve para metaforizar el deseo y la soledad, y para meditar sobre los objetos de la pasión. La muñeca Plastisex® que presenta Arreola en un cuento («la mujer que ha soñado toda la vida: se maneja por medio de controles automáticos y está hecha de materiales sintéticos») apunta a la cosificación del ser humano.

El presente libro (catálogo de inventos, cruce de ficción y antología) se ha gestado a la par de una exposición consagrada al mismo tema. Una muestra/instalación donde se mezclan vídeos, dibujos y una gran biblioteca que, a su modo, «descompone» este inventario mediante cientos de libros reinventados. Los muebles para la muestra (bibliotecas, sillas, lámparas) fueron concebidos por Monobloque. Al igual que la tipografía para los títulos de este libro.

Si George Westinghouse y el millonario John Jacob Astor IV financiaron las clarividentes búsquedas de Nikola Tesla, si J. P. Morgan apoyó las experiencias de Thomas A. Edison, nosotros (más humildemente, desde luego) queremos dar las gracias en este breve prólogo a nuestros mecenas y, sobre todo, a la editorial Impedimenta, que ha tenido la osadía de patentar este *Inventario*.

······ Eduardo Berti & Monobloque
Poldavia, enero de 2017

You see things and you say «Why?». But I dream things that never were and say «Why not?».

······ George B. Shaw,
Back to Methuselah

Cualquier cosa que no existe y tiene un nombre termina por existir; en cambio, cualquier cosa que existe y no tiene un nombre termina por no existir.

······ Silvina Ocampo,
Ejércitos de la oscuridad

INVENTARIO
DE INVENTOS
(inventados)

BREVE CATÁLOGO DE INVENCIONES IMAGINARIAS

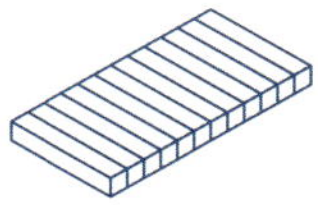

ACERA MÓVIL

Los habitantes del planeta Beh no deben transpirar mucho porque les han inventado una acera móvil que se mueve muy despacio y les permite ir de compras, visitar a los amigos o pasear el perro sin caminar ni tomar un medio de transporte. «Como escaleras mecánicas, en suma», *imag. 1* explica Gianni Rodari en sus *Cuentos por teléfono*. Lo que nadie sabe es qué hacer con las calles, ahora desiertas. Se han abolido los coches y los tranvías. Todo el mundo viaja por la acera móvil, sin darse demasiada cuenta, y las calles parecen únicamente servir para que los niños jueguen a la pelota. Hasta que se invente un terreno de fútbol móvil donde solo haya que patear. O hasta que alguien tenga una idea mejor: crear, en las calles desiertas, ríos de agua coloreada o laberintos de arena, hacer parques con una inmensa rayuela, plantar árboles y flores… O instalar allí una inmensa biblioteca con libros llenos de cuentos, entre ellos uno que habla de los habitantes del planeta Beh.

MÁQUINA DE NO HACER NADA

Allá por 1950, el humorista francés Pierre Dac imaginó un aparato que no servía para nada y, al mismo tiempo, podía servir para todo. Le puso un nombre *(schmilblick)* y adjudicó su supuesta paternidad a los hermanos Jules y Raphaël Fauderche.

Como dispuesta a demostrar que la sincronicidad es un fenómeno aplicable también a los inventos vanos, en abril de 1953 la agencia AFP anunció que un hombre de Los Ángeles, cierto Lawrence Walstrom o Wahlstrom, había logrado entre 1946 y 1952 la hazaña de montar una máquina de setencientas u ochocientas piezas que no servía absolutamente para nada, salvo para que el señor Wahlstrom (aunque parece que es Walstrom, sin «h») se pudiera «vengar del mundo mecanizado».

Según las informaciones de aquellos tiempos, Walstrom bromeaba con la idea de que su máquina (montada, entre diversas cosas, con restos de una bomba de la Segunda Guerra Mundial) era un detector de platos voladores al que prometía añadirle cincuenta piezas anuales sin alterar su perfecto funcionamiento.

Fascinado por la noticia de la *do-nothing machine*, el escritor belga Jacques Sternberg se permitió entonces proponer un lema publicitario: «Este aparato es su doble. Obsérvelo funcionar y verá su vida en el espejo de lo absoluto».

La máquina sobrevivió a su propia inutilidad, y hoy la conserva (o, al menos, hasta hace poco la conservaba) un tal Paul Freiling, al lado de otras curiosidades. Tal vez para no ser menos creativo que Lawrence Walstrom, el señor Freiling ha llegado a anunciar que halló, por fin, un modo de emplear su *do-nothing machine*. Sirve para agitar la bandera de Estados Unidos. Por qué no en señal de bienvenida a los platos voladores.

LÁMPARA MÁGICA

La primera lámpara mágica, siglos antes de *Las mil y una noches*, desconcertó mucho a su primer dueño. ¿Cómo usarla? ¿Cómo despertar al genio? ¿Cuántos deseos era posible pedir? El vendedor del bazar no tenía la menor idea. «Es un objeto novedoso», explicaba a sus clientes. «Parece que brota humo y se oye luego una voz… Pero no sé mucho más.» El primer dueño de la primera lámpara mágica, después de desembolsar por ella cien monedas de oro, pasó larguísimos días tratando de que funcionara. Como es lógico (como es lógico en los cuentos), encontró la solución de casualidad, cuando menos lo esperaba, limpiándola, frotándola para quitarle los dedos y otras marcas estampadas al cabo de mil y un intentos y de mil y un desengaños. El genio apareció, por fin, algo nervioso porque también para él era un bautismo. El dueño y el genio de la lámpara se miraron un buen rato, sin saber de qué forma actuar. La literatura no había inventado todavía eso de «¿qué desea usted, mi amo?» ni eso de «soy el genio y he de concederte tres deseos». Peor aún, el mismo genio no sabía si los deseos que al parecer él podía hacer realidad tenían alguna clase de limitaciones o si, en cambio, todo estaba permitido. Cuesta decir quién tuvo la idea: si el dueño, el genio o los dos en simultáneo. El caso es que el primer deseo (el tan preciado manual de instrucciones) fue también la solución que hizo posible más deseos en el futuro.

imag. 2

PENDIENTES-DESPERTADOR

El *boomerang* que no vuelve para impedir accidentes. El jabón lleno de
imag. 4 clavos, como un erizo, para evitar que resbale. El automóvil cuyos faros
imag. 5 delanteros proyectan una película en el camino. El periódico de caucho que no se moja en la bañera y cuyas noticias son «desplegables». Las estatuas intercambiables, con cabeza e inscripción móvil. El paraguas para cigarros y cigarrillos.

Gaston de Pawlowski (1874-1933), discípulo de Alphonse Allais, admirado por Raymond Queneau y Marcel Duchamp, fue un ingenioso excéntrico que, a partir de 1903 y durante varios años, publicó en periódicos y revistas *(Le Journal, L'Écho des Boulevards, L'Intransigeant, Le Volant)* una columna consagrada a presentar y comentar inventos imaginarios, hasta que al fin agrupó sus mejores ocurrencias en un libro editado en 1916: *Inventions nouvelles et dernières nouveautés.*

La lógica de casi todos sus inventos es absurda y hace que, por remediar algún problema u ofrecer cierta ventaja, el objeto pierda su razón de ser. Así ocurre con el metro de bolsillo (que mide, claro está, tan solo diez centíme-
imag. 3 tros) o con ciertos zapatos agujereados en la suela para que pueda escurrirse con mayor facilidad el agua que se mete dentro de ellos cuando llueve. Pawlowski fue un escritor de escritores. No causa demasiado asombro, por lo tanto, que un relato poco conocido de Henri de Régnier ponga en acción a un personaje que se apellida Pavlowsky (con «v» en lugar de la primera «w», con «y» en lugar de la «i»), y que se ha vuelto millonario, por absurdo que parezca, con la invención de unos aros-despertador. «Unos pendientes con reloj que se cuelgan en el lóbulo de la oreja», detalla Régnier citando, casi palabra por palabra, la descripción original del verdadero Pawlowski.

ANTEOJOS PARA VER VIEJOS

En «Los viejos clandestinos», cuento de Dino Buzzati, el narrador es amigo de cierto pintor japonés, Yamashita, que muy joven emigró a París. Cordial pero misterioso, Yamashita llama un día al narrador para comunicarle algo «poco agradable»: va a morir. Al narrador le parece una completa insensatez pues Yamashita luce muy saludable, pero el pintor insiste y le entrega unos anteojos «quevedos, como se usaban a principios de siglo, con una montura de metal blanco». A través de *imag. 7*
los cristales, azorado, el narrador ve a un viejito retorcido y carcomido. *imag. 6*
Yamashita le cuenta, entonces, que compró aquellos anteojos casi veinte años atrás y que pagó por ellos un millón de yenes porque muestran el porvenir.

Frente a la posibilidad de conocer nuestro futuro, ¿preferiríamos ponernos o quitarnos los anteojos? Yamashita, horrorizado, harto de las visiones siniestras que ofrece el «maldito» invento, opta por dejar en un sitio apartado esos anteojos, tal vez porque, como le dice a su amigo, cosas por el estilo «solo ocurren en las fábulas» y la vida es más compleja. Por las dudas, eso sí, los guarda en el cofre del banco. Ahorro y vejez son dos preocupaciones inseparables.

MIOPICIDA

El farmacéutico Linaire inventó hace unos cuantos años un remedio para curar radicalmente la miopía: unas gotas en el ojo y problema solucionado. Los oculistas, los dueños de las ópticas y demás interesados quisieron asesinarlo. Así que decidió enterrar su «miopicida» y refugiarse en una especie de ceguera voluntaria.

Ahora acaba de descubrir un elixir fabuloso que cura «la ontalgia existencial, la angustia sustancial y la epilepsia esencial», enumera Raymond Queneau en *Lejos de Rueil.*

Linaire sabe, sin embargo, que si divulga su elixir, sería el ocaso de médicos, farmacéuticos, filósofos, psicoanalistas e incluso teólogos. «Todos quedarían arruinados, ¡hasta el propio Vaticano!» Por eso ha optado por no anunciar su invención. Prefiere vivir en paz: su salvación personal (y la de unos cuantos gremios) por encima de la salvación general.

BABY H. P.

¿Las iniciales provienen de *Horse Power* o de algo mucho peor en castellano? Juan José Arreola presenta en *Confabulario* el artefacto capaz de transformar en fuerza motriz la inagotable vitalidad de los niños.

«El Baby H. P. es una estructura de metal muy resistente y ligera que se adapta a la perfección al delicado cuerpo infantil mediante cómodos cinturones, pulseras, anillos y broches», podemos leer. «Las ramificaciones de este esqueleto suplementario recogen cada uno de los movimientos del niño, haciéndolos converger en una botellita de Leyden que puede colocarse en la espalda o en el pecho, según necesidad. Una aguja indicadora señala el momento en que la botella está llena. Entonces usted, señora, debe desprenderla y enchufarla en un depósito especial, para que se descargue automáticamente.»

El tono argumentativo es digno de los folletos publicitarios que parodia: «De hoy en adelante usted verá con otros ojos el agobiante ajetreo de sus hijos. Y ni siquiera perderá la paciencia ante una rabieta convulsiva, pensando en que es una fuente generosa de energía».

Es importante que los niños lleven siempre el Baby H. P. a la escuela, para que no se pierdan las horas preciosas del recreo, de las que vuelven con el «acumulador rebosante». ¿Son ciertos los rumores acerca de que algunos niños mueren electrocutados por la corriente que ellos mismos generan o por atraer relámpagos con el diabólico artefacto? ¡Por supuesto que no!, nos tranquiliza Arreola. Durable y digno de confianza, el Baby H. P. lleva la garantía de fabricación de la casa J. P. Mansfield & Sons.

BLANCO Y FLECHAS LUMINOSOS

En la década de 1950 la revista estadounidense *Mechanix Illustrated* incluyó una sección llamada «*Inventions Wanted!*», es decir: «Se buscan inventos», en la que los lectores (puede que mezclados con lectores falsos, pergeñados por un redactor a la sombra) concebían ciertos objetos más o menos insólitos que, a su entender, urgía fabricar. Los elegidos cobraban cinco dólares, y no resulta curioso encontrar, entre las propuestas, herramientas hoy existentes, como los pinceles de mango larguísimo que Mary Fields (de Dayton, Ohio) rogaba para pintar en rincones de arduo acceso. Otras ideas, en cambio, resultan tan insensatas que aún esperan su clientela o su inventor.

El procedimiento de un público en busca de invenciones más o menos originales es la exacta contracara de los falsos avisos clasificados que publicaba Pierre Dac en su revista *L'Os à moelle* y que eran redactados no únicamente por Dac, sino también por Francis Blanche y otros colaboradores. Por ejemplo: «Tinta fosforescente para escribir en la oscuridad. Tinta invisible para las faltas de ortografía. Los dos potes juntos por 0,25 francos».

Un invento publicado por *Mechanix Illustrated* hace pensar en la tinta fosforescente de Dac, así como en los ojos de cerradura luminosos (ideales para borrachos y trasnochadores) fabulados por Gaston de Pawlowski: se trata de unos blancos luminosos con flechas, por qué no fosforescentes, para los Robin Hood o aprendices de Robin Hood que quieren practicar en medio de la noche. Agréguesele una manzana luminosa y tendremos la versión más trasnochada de Guillermo Tell.

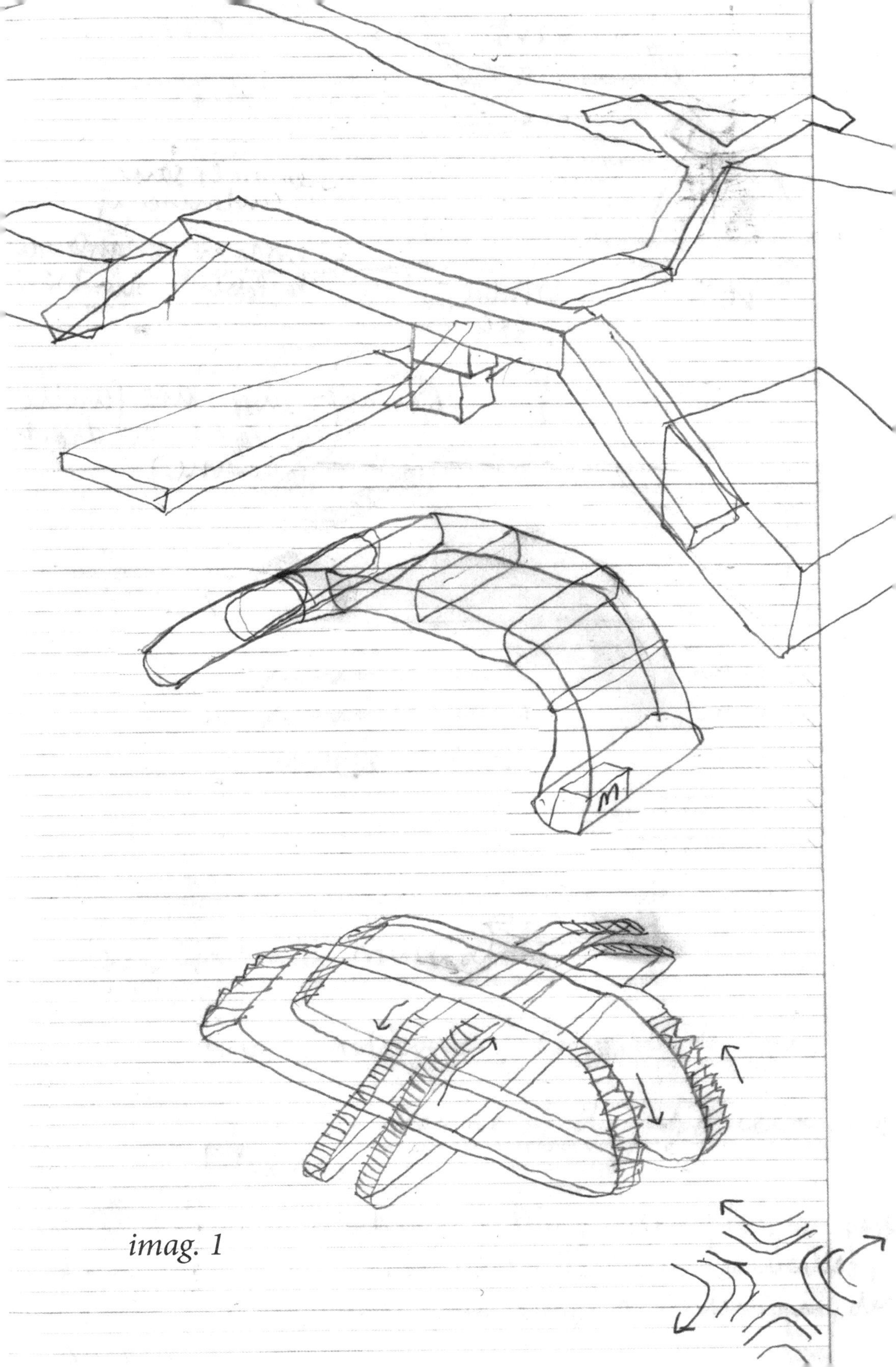

imag. 1

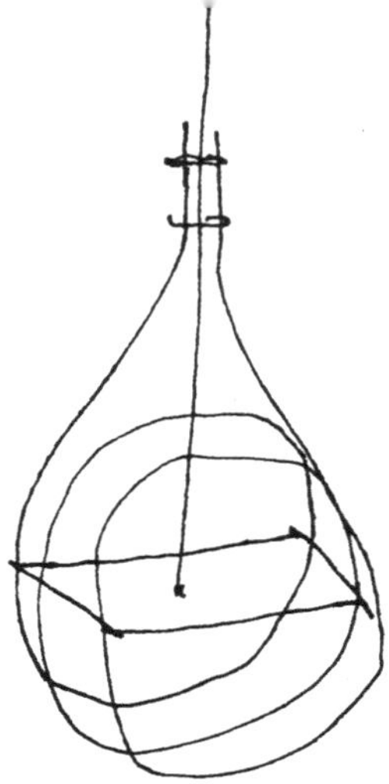

imag. 2

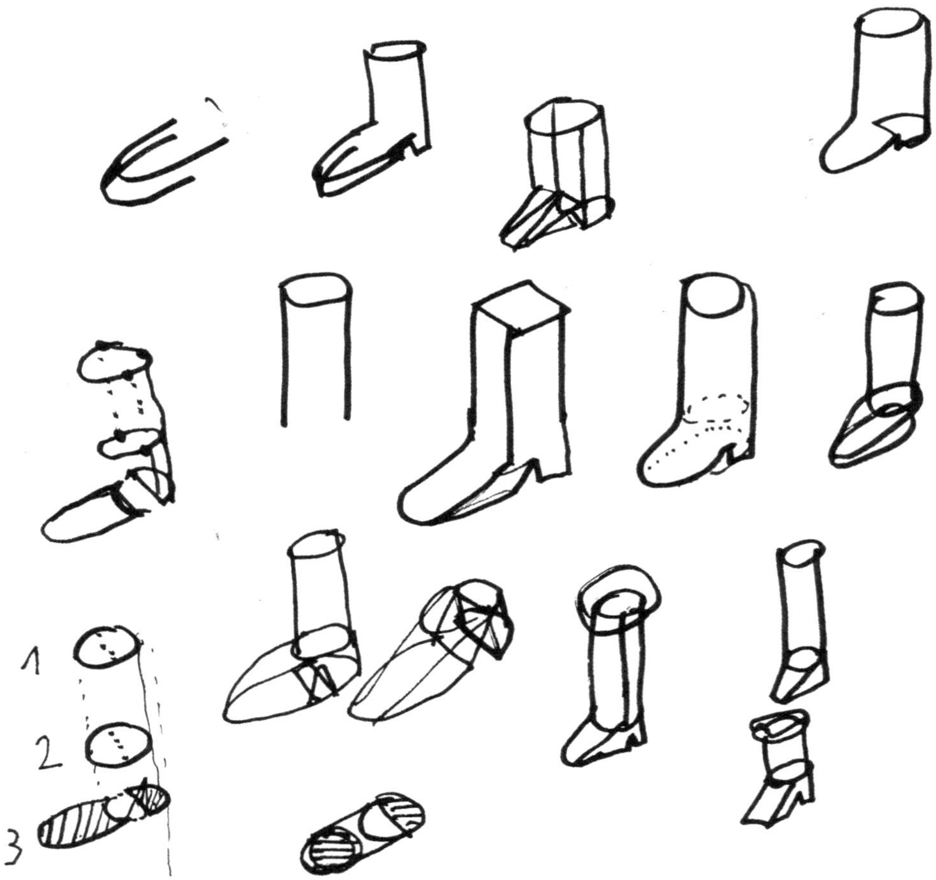

imag. 3

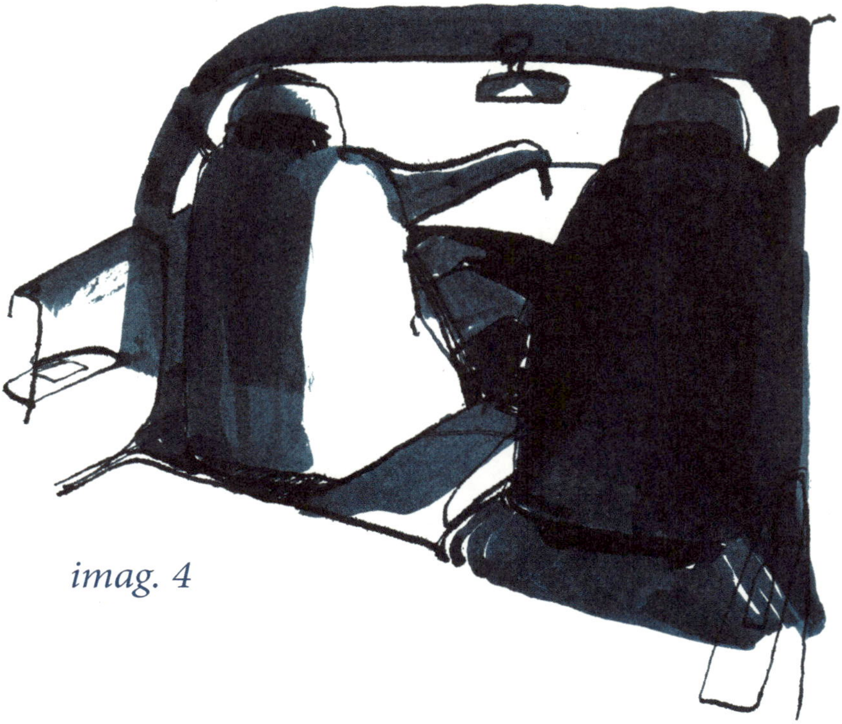

imag. 4

imag. 5

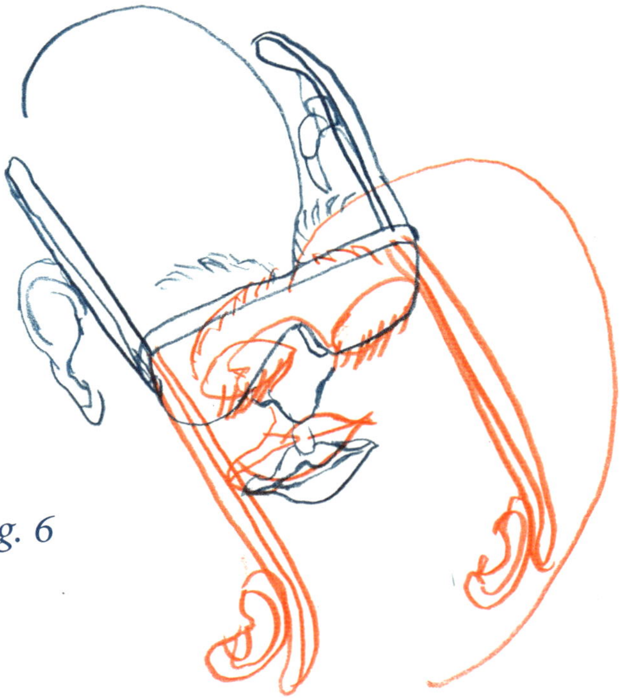

imag. 6

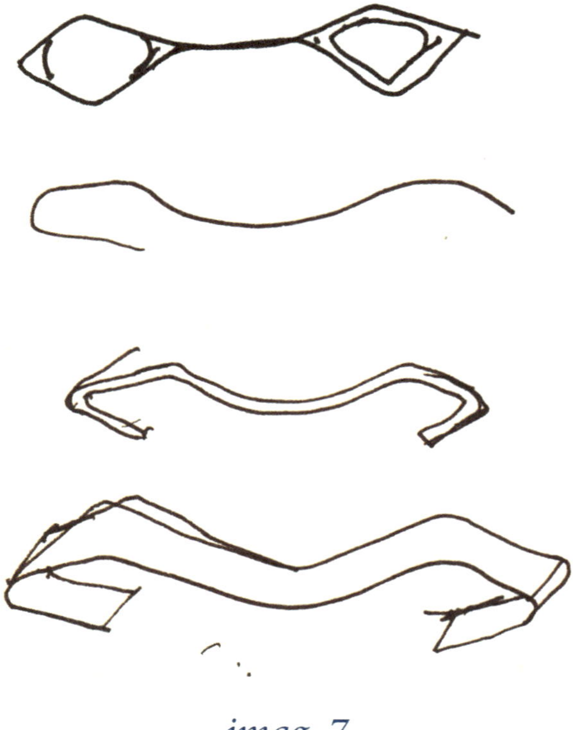

imag. 7

DELFICLOPEDIA

Las enciclopedias se niegan a envejecer desde que dieciocho mil *comfutadoras* (computadoras futurológicas) gestaron la primera *extelopedia*, que en sus cuarenta y cuatro magnetomos «contiene noticias de la historia que ha de sobrevenir», explica Stanisław Lem en *Magnitud imaginaria*. Desde luego, antes de las computadoras existió una versión humana de esta enciclopedia oracular, a cargo de varios especialistas: la así llamada «delficlopedia». Como los especialistas discrepaban, cuenta Lem, las primeras delficlopedias contenían más de una definición acerca de un mismo tema, sin hablar de fallos y olvidos. ¿La más flagrante omisión? Que ninguna delficlopedia anticipa la llegada triunfal de la extelopedia.

INAERACIÓN

Ni entierro ni cremación, proclama el personaje de un cuento de Alphonse Allais. El nuevo procedimiento es la «inaeración». Se mete el cadáver en un horno especial, se le quita toda el agua que contiene (ah, no imaginamos cuánta agua contenemos), se lo remoja en un líquido de fórmula ultra-secreta (bueno…, no tanto, digamos que es un compuesto de ácido azoico) y esto convierte al finado, aunque suene poco
imag. 8 creíble, en materia explosiva. Solamente hay que encenderlo y… ¡pum, un simple resplandor! Algunos prefieren detonar como bombas. Otros optan por convertirse en un fabuloso fuego artificial. Y se comenta el caso de un militar que legó sus despojos para que con ellos se cargasen obuses y cañones, feliz de seguir matando después de muerto al inmortal enemigo.

Titulado «Una idea luminosa», el cuento, que forma parte del libro *Pas de bile!,* de 1893, no es el único donde Allais manifiesta cierta obsesión por las prácticas funerarias (en «Un testamento», un hombre pide ser hervido «en una inmensa caldera con agua» en vez de enterrado o cremado). Medio siglo más tarde, en abril de 1944, mientras los descendientes del militar antes mencionado guerreaban contra Alemania, una bomba inglesa cayó en la tumba de Alphonse Allais y, según cuenta la leyenda, hizo de sus restos… ¡pum, una nube multicolor! No es mal epílogo para quien, además de imaginar cosas como la inaeración, solía decir: «No nos tomemos muy en serio, no habrá ningún sobreviviente».

PIANOCKTAIL

«En la vida solo hay dos cosas: el amor y la música», pone Boris Vian en boca del narrador de *La espuma de los días*. Añadamos la bebida (el tercer ingrediente del par perfecto) y tendremos el pianocktail, instrumento musical capaz de preparar tragos de acuerdo con la melodía que se ejecuta en sus teclas. «A cada nota corresponde una bebida alcohólica, un licor o un condimento», le explica Colin a Chick en medio de una cena. El pedal fuerte corresponde al huevo batido. El pedal débil al hielo. Y las cantidades de cada ingrediente están en relación directa con lo que duran las notas. Desde luego, muchos tragos llevan nombres idénticos a ciertos *standards* de jazz. Y es imposible no pensar en lo que decía Sinatra: «El alcohol puede ser el peor enemigo del hombre, pero la Biblia propone que ames a tu enemigo».

Décadas después de la invención literaria, un matrimonio de Marsella mandó construir un «pianocktail de verdad», que fue presentado a la prensa en septiembre de 1992. Al enterarse de ello, un compositor y pianista de jazz de Toulouse, Émile Tardivet, trabó contacto con los propietarios del instrumento. Escribió doce piezas especiales para pianocktail y sacó un CD acompañado por doce pequeñas botellas, una para cada pieza. A modo de *bonus track*, Tardivet decidió incluir la versión instrumental de una canción de Tom Waits que, concluyó tras no pocos experimentos, es la melodía más perfecta para el instrumento de Vian: «*The piano has been drinking, not me...*».

PELUQUERÍA AUTOMÁTICA

Mientras el peluquero empieza a trabajar, el cliente lee una novela: *Arab Jazz*, de Karim Miské. Una delgada lluvia de pelos cae entre las páginas, pero eso a nadie le importa. De pronto, página 186, el cliente tropieza con algo sorprendente, algo difícil de no leerle al peluquero:

–Imagínese una máquina con un asiento y unos rayos láser… En el supermercado, junto a la fotocopiadora o a la cabina de fotos automáticas –dice el cliente, que parece resumir y no leer textualmente–.
imag. 10 Imagínese una cabina con treinta, cincuenta cortes que se adaptan a la cabeza del consumidor.

–Imposible, una locura –interrumpe el peluquero, y repite, alzando la voz–: ¡Imposible!

imag. 9 –Un botón para cada corte, otro para el largo del pelo, otro para la técnica: tijera, navaja, mixto. Otro para la música de fondo. Y hasta un quinto botón por si se desea programar la charla del peluquero: fútbol, política, rezongos generales, esposas y suegras, meteorología… Imagínese algo así…

El peluquero resopla, sigue cortando. La tijera tiembla un poco. La oreja. La tijera.

–¿Se imagina? ¿Usted qué haría? –insiste el cliente–. ¿Qué haría?

La tijera. La oreja.

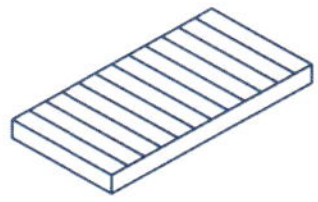

AMORTIGUADOR HUMANO

Un aspecto característico del genio de Leonardo, nos dice Gianni Rodari en su *Gramática de la fantasía*, fue su talento para considerar una máquina cualquiera no como un organismo único o como un prototipo irrepetible, sino como un conjunto de máquinas o incluso de conceptos más simples.

Leonardo, según Rodari, «descomponía» las máquinas en funciones, y así llegó a estudiar, por ejemplo, la «función» de rozamiento, cosa que luego lo condujo a más de un hallazgo. «En estudios semejantes, Leonardo lograba incluso divertirse», cuenta Rodari, y alude a un dibujo que representa una invención burlesca: un «amortiguador para frenar la caída de un hombre desde lo alto».

Un hombre cae, no se sabe bien de dónde, pero lo frena un sistema de resortes conectados entre sí y también, por las dudas, un fardo de lana cuya resistencia al choque controla y mide una especie de cuña.

Es probable, como medita Rodari, que «también haya que atribuir a Leonardo la invención de las “máquinas inútiles”, construidas por puro juego, para realizar una fantasía, diseñadas con una sonrisa...».

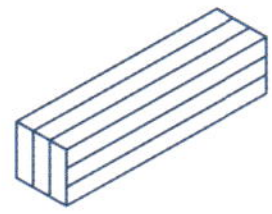

DETECTOR DE DOLOR

El famoso fundador de la cienciología, Ron Hubbard, usó en 1968 un electrómetro a fin de dictaminar si los tomates sienten dolor. Su conclusión fue que «gritan cuando los cortamos». Más o menos por la misma fecha (en verdad, unos años antes, a fines de la década de los cuarenta), Roald Dahl dio a conocer su formidable relato «La máquina del sonido».

Allí, un tal Klausner atesora en un cobertizo de madera, en el fondo de su jardín, «una caja negra, de casi un metro de largo, parecida al ataúd de un niño». La caja está llena de cables y posee tres diales que Klausner hace girar y girar, obcecado con un experimento.

La máquina puede captar vibraciones muy agudas para los oídos humanos. «Existen sonidos tan bajos o tan altos que no logramos percibirlos», le explica Klausner a otro personaje. «No oímos ninguna nota que tenga más de quince mil vibraciones por segundo. Los perros tienen mejor oído que nosotros y, como usted sabe, en el comercio existen unos silbatos cuya nota es tan aguda que nosotros no la oímos, pero los perros sí.» Apenas consigue que la máquina funcione, oye un impresionante grito agudo, mira a su alrededor y ve que su vecina (la señora Saunders) está cortando unas rosas amarillas.

La señora no sabe cómo reaccionar cuando Klausner se acerca y dice: «Permítame anunciarle algo increíble. Usted acaba de cortar un ramo de flores con unas afiladas tijeras, y cada rosa que cortó ha emitido un grito espantoso. ¿Lo sabía, señora Saunders?». La pobre mujer siente el impulso de gritar más fuerte aún que las flores.

PISCINÉMA

En *La ciudad imaginaria* (1921), Félix Dujardin (hermano menor de Édouard, quien inventó, según Joyce, el monólogo interior en forma de fluir de conciencia) le hace decir con orgullo a un personaje de su breve novela, un médico principiante apellidado Quintin: «Me acaban de invitar a una función, en Montmartre, de una nueva moda llamada *pisciné-ma*». Intrigada, su joven interlocutora (de quien Quintin está, dicho sea de paso, totalmente enamorado) exige saber más detalles. «La asistencia, según me han contado, es mixta. O sea, hombres y mujeres. Las películas, que en su mayoría duran pocos minutos, se van proyectando en el cielo raso, que se convierte en pantalla. El público las ve flotando, boca arriba en el agua... Haciendo la plancha, como se dice vulgarmente. Sin embargo, dudo mucho que acepte la invitación». La muchacha responde que ella no se perdería eso por nada del mundo. «¿No le gusta el cine, Quintin?» El otro se pone casi a tartamudear. Le gusta, sí, le interesa... Pero el lugar queda lejos, el viernes que viene él tiene otros compromisos... Hay gente que asistirá y a quien él no le cae nada bien... Ciertos círculos, verá usted, más vale no frecuentarlos... Lo que no se atreve a decir, pobre Quintin, es que en verdad él no sabe nadar. *imag. 11*

FLUIDO GARCÍA

Andy Sawyer, organizador en 2011 de la muestra *Out of this World* en la Biblioteca Británica, encontró un libro de un olvidado escritor español, Enrique Gaspar y Rimbau, donde aparece «la primera máquina del tiempo de la literatura». Diplomático, amante de Jules Verne y autor de zarzuelas, Gaspar y Rimbau se adelantó así ocho años a *La máquina del tiempo* (1895), de H. G. Wells.

¿Por qué nadie se acuerda de don Enrique y de su novela *El anacronópete*? Tal vez porque Wells ya era conocido desde antes. Tal vez porque era esperable que una máquina semejante la inventara un inglés y no un español. Tal vez porque, como reflexiona Jean Echenoz en *Relámpagos*, aunque es normal que todo el mundo piense la misma cosa en el mismo instante, siempre existe alguien que, «con la misma idea que los demás, se muestra más paciente, más metódico, o es más afortunado, más sagaz y menos disperso». Alguien que, en suma, logra hacer famosa la idea e introducirla en el mercado. «En ocasiones –cree Echenoz– puede ser que ello responda a un nombre. Pongamos el cine, por ejemplo. Lo inventó un montón de gente al mismo tiempo, pero entre ese montón de gente estaban dos hermanos llamados Lumière. Todo depende de muy poca cosa, basta una menudencia: cabe imaginar que con semejante nombre no es raro que fueran ellos los que se salieron con la suya.»

En *El anacronópete*, un inventor (Sindulfo) logra que una máquina del tiempo lo lleve nada menos que al año 1492 (el mismo año del descubrimiento de América), pero también al antiguo Imperio romano y al futuro, al momento del fin de mundo. El *anacronópete* es una caja de hierro fundido que funciona con electricidad y se desplaza gracias a cuatro enormes cucharas. No es la única invención de Gaspar y Rimbau, quien asimismo concibió una pócima (el «Fluido García») para impedir que los viajeros rejuvenezcan al retroceder en el tiempo.

LITERATURA BÍTICA

Tras la *beat generation*, la *bit regeneration*. Literatura bítica es «toda obra de procedencia no humana», indica Stanisław Lem. Es decir, toda literatura creada por máquinas. La primera obra bítica de fama mundial fue la novela *Dievochka*, de Pseudodostoievski. La máquina bítica analiza la obra completa del tal o cual escritor y establece si este ha dejado sin abordar temas o situaciones importantes; es decir, páginas que no plasmó por razones de salud, por falta de tiempo o «porque no se ha atrevido a decir lo que piensa», escribe Lem. En tal caso, la máquina produce las obras o los párrafos faltantes. El método, riguroso, no excluye los desengaños: unos cuantos expertos en literatura esperaban que la máquina continuase la obra de Kafka, pero se llevaron un chasco, pues no se obtuvo más que un escueto final para *El castillo*.

RECOBRA-INFANCIA

En *La infancia recobrada de Henry P.*, última novela (inconclusa) del canadiense Donald Becker, el personaje central, necesitado de dinero, lee un aviso en un periódico: «Se buscan voluntarios para experimento médico». El aviso hace alusión a unas cremas de belleza. Henry P. responde y acude a una cita en un laboratorio donde un médico con cara de pocos amigos le explica que ya hay suficientes voluntarios para las cremas (ellos prefieren para eso a las mujeres), pero le propone en cambio otra clase de experimento: una pastilla para «despertar» la memoria de los
imag. 12 primeros dos o tres años de vida, esa etapa de la que nadie conserva ningún recuerdo. Ahogado en deudas (y picado por cierta curiosidad), Henry P. acepta, y en su cabeza se produce algo inaudito: poco a poco, su memoria se va ampliando, como si cayese un velo. A la postre, él es capaz de recordar la escena de su nacimiento y hasta los últimos días que pasó dentro del vientre de su madre. Pero también recuerda cosas que sus padres hicieron delante de él convencidos de que no podría recordarlas jamás. Cosas que para él constituyen una especie de atrocidad. ¿Qué hacer con estos recuerdos que modifican, a la vez, la imagen de sus padres muertos? Henry P. toma la resolución de borrar de su cabeza esta «memoria despertada». De borrarla a fuerza de voluntad, porque no hay pastilla ni máquina capaz de hacerlo por él.

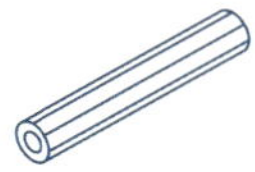

EXTENSOR SENIL

«El extensor senil es un pequeño aparato de musculación, sumamente efectivo, cuyo empleo no presenta ningún peligro y que, contrariamente a otras prácticas quirúrgicas con las que se intenta embellecer a los viejos, cuenta con la aprobación de la Academia de Medicina. El extensor senil hace pensar en las hormas que se meten en los zapatos para devolverles su forma primitiva y para borrar las arrugas que el uso frecuente deja en el cuero. El extensor se coloca por las noches en la boca del *imag. 13* anciano y le hincha las mejillas gracias a un tornillo central que puede ajustarse a voluntad. La boca debe quedar rigurosamente cerrada con una banda elástica que sostiene la mandíbula. El paso del tornillo se efectúa por medio de un diente postizo, un diente móvil que se quita para colocar la horma. La respiración se efectúa por la nariz, sin problemas, y a la mañana siguiente el anciano posee un semblante sereno y una juventud comparable a la de esos angelitos mofletudos que vemos en los cuadros con que adornan las iglesias.

«Existen múltiples modelos, con el tornillo colocado en varios puntos, según la ubicación del diente postizo. Se entrega dentro de un joyero, listo para usar.»

······· Gaston de Pawlowski, *Inventions nouvelles & dernières nouveautés* (Bibliothèque Charpentier, 1916).

ESPEJO CON MEMORIA

Ángel Bonomini incluyó en su *Libro de los casos* (1975) un breve relato en el que un viejo espejo vuelve a entregar imágenes que reflejó en el pasado. «Minuciosamente el espejo detalló su memoria, desentrañó su olvido, enunció su pasado», escribe Bonomini.

El invento recuerda un pasaje de los inagotables *Cuadernos de notas*, de Nathaniel Hawthorne: «Un viejo espejo. Alguien descubre la ma-
imag. 14 nera de que todas las imágenes que reflejó en el pasado vuelvan a la superficie».

Stendhal entendía la novela como «un espejo que paseamos a lo largo de un camino». Kafka le decía a su amigo Janouch que consideraba el arte como un espejo que «avanza» en forma análoga a un reloj. Modificar el tiempo del espejo es, para Kafka (como para Bonomini o
imag. 15 para Hawthorne), una forma de salir del azogue del realismo.

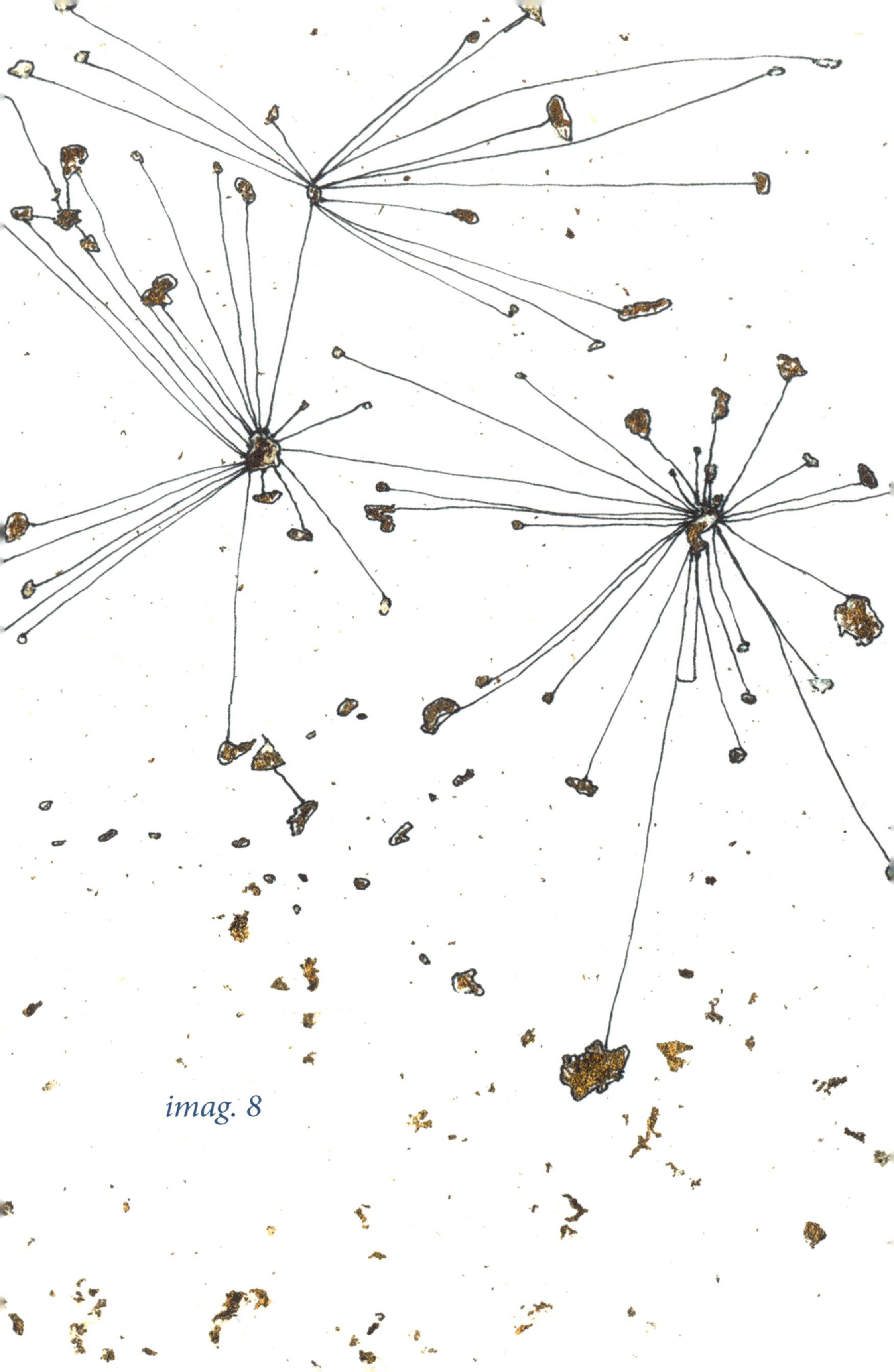

imag. 8

imag. 9

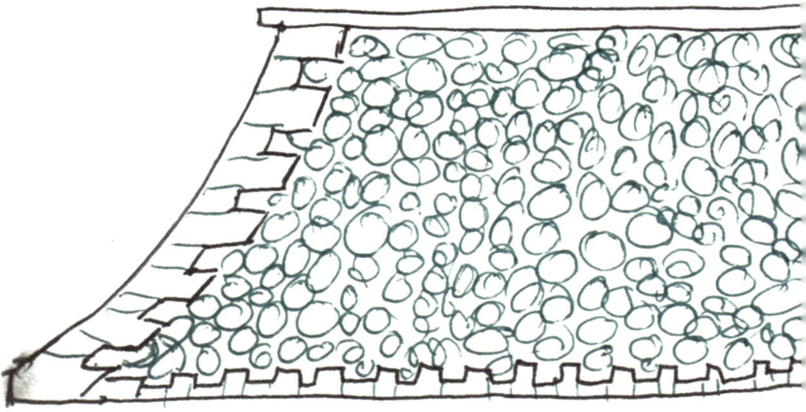

imag. 10

imag. 11

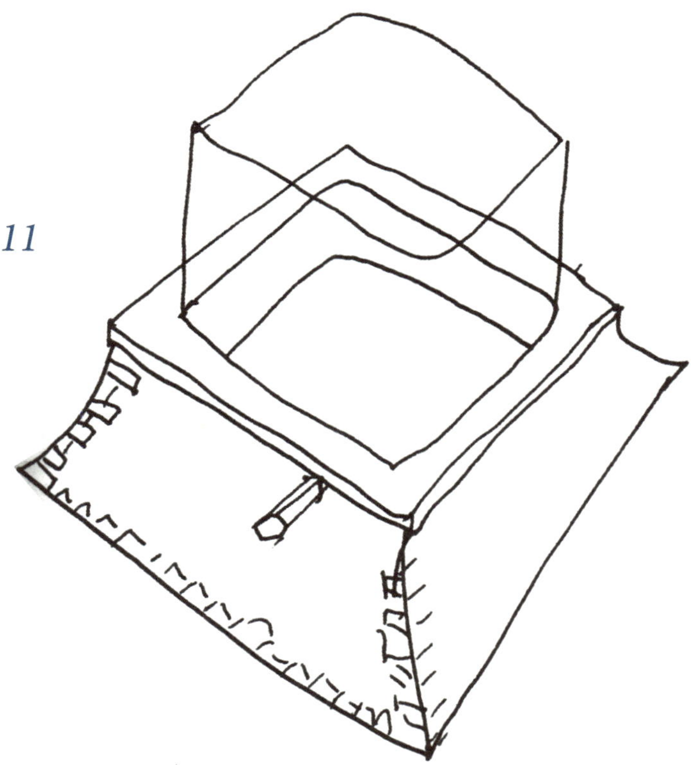

imag. 12

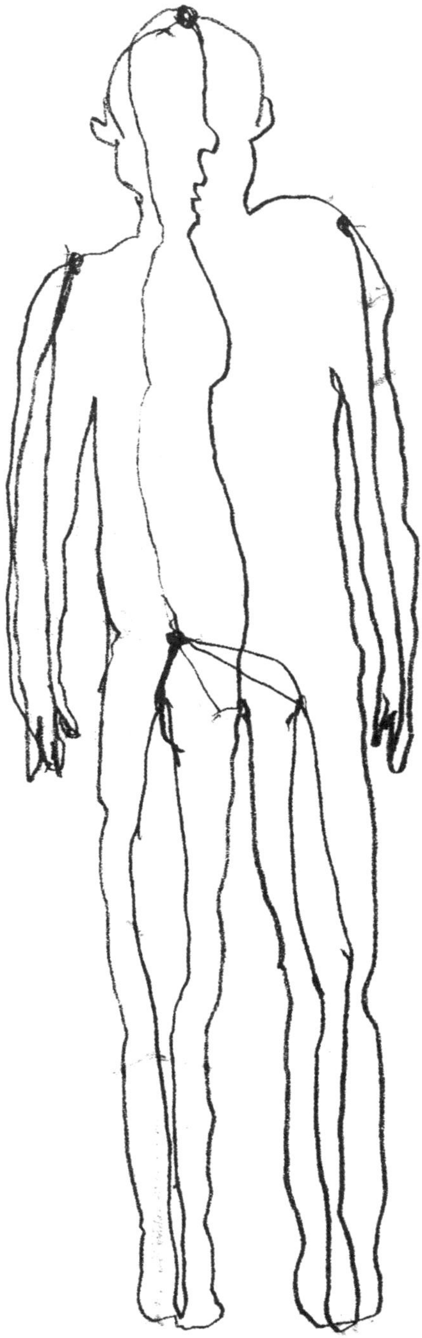

imag. 13

imag. 14

imag. 15

La vida es infinitamente más extraña que cualquier cosa que la mente del hombre pueda inventar.

.... Arthur Conan Doyle, *Un caso de identidad*

MÁQUINA DE DETENER EL TIEMPO

La señorita Anna Motleri estaba leyendo aquella tarde lluviosa un libro de cuentos de Dino Buzzati cuando oyó un ruido perturbador en la habitación de al lado. Se levantó prontamente y se topó con una máquina enorme, del tamaño de un ropero o más grande todavía, aunque de silueta como inclinada. Hasta donde la señorita Anna conseguía recordar, esa máquina era nueva. Nunca antes había estado allí, en su casa. Y, por descontado, ella jamás la habría puesto en el centro de una habitación, entorpeciendo así el paso. El armatoste despedía unos zumbidos altaneros y su función resultaba incomprensible. La señorita Anna retrocedió de manera instintiva y se preguntó si aquello no estaría relacionado con el cuento de Buzzati que había empezado a leer, ¿por qué no? El cuento hablaba de una máquina, supuestamente inventada en la Universidad de Pisa, que detenía el tiempo. Por un rato, la señorita estudió aquel panorama con sus ojos penetrantes, sin decidirse a tocar ninguno de los botones. A la postre, segura de que el artefacto provenía de las páginas del libro, tendió su mano huesuda y con un dedo apretó el único de los muchos botones que emitía luz. La máquina tembló un poco y en una exigua pantalla, entre sonidos y parpadeos, se materializaron dos, cuatro, seis, ocho números, con seguridad una fecha, pensó: 17-10-1953. Sí, eso tenía que ser: el día, el mes y el año en que se detendría el mundo. Una fecha curiosamente anterior a su nacimiento. Incrédula ante esto último, decepcionada porque el gesto no había suscitado consecuencias significativas, la señorita Anna quiso volver a la otra habitación, pero sintió que sus pies se movían a cámara lenta y se percató de que había un silencio desconcertante. Ni siquiera se oía la lluvia o el tránsito de la ciudad. ¿La máquina estaba ejerciendo alguna clase de efecto? Lentísima, la señorita Anna se desplazó hacia el sillón donde la aguardaba el libro. Allí se encontró con algo imprevisto: el libro era el mismo libro, pero sumamente delgado. De la treintena de cuentos quedaban apenas ocho. La señorita buscó el cuento que había empezado a leer, el de la máquina que sabía frenar el tiempo. No lo halló por ningún lado. De pronto recordó la fecha. El año en el que la máquina había detenido el mundo era previo a la publicación del libro. La deducción fue inmediata: Buzzati no había llegado a escribir todos los relatos. Sería exagerado decir que la señorita Anna sintió un estremecimiento. Lo seguro es que, no del todo recuperada, se hizo una pregunta natural: ¿por qué, si todo se había paralizado, ella seguía en movimiento? Tal vez la respuesta estuviera en el cuento de Buzzati. Tal vez ahí se explicase que las personas nacidas luego la fecha elegida para detener el tiempo (algo que era, claro está, una suerte de paradoja: nacer después de que el tiempo se ha interrumpido) perdían de modo paulatino la potencia y la rapidez, como ahora empezaba a ocurrirle a ella. La señorita Anna se imaginó un proceso irreversible: su vigor iría menguando con el correr de los minutos, hasta el reposo absoluto, hasta la quietud total. No se atrevía a asomarse por la ventana ni a encender el televisor ni a llamar a las puertas de alguno de sus vecinos. No se atrevía y, peor aún, no le quedaban fuerzas físicas para algo así. De repente se acordó: ¡la máquina, en la habitación de al lado! Un simple gesto suyo y las cosas se pondrían otra vez en movimiento. Así que anduvo, lo más deprisa que pudo, muy despacio, muy despacio, como en esas historias de fantasía o de ciencia ficción que tanto amaba leer y donde a menudo aparecía un salvador del planeta o de la civilización. Pobre Anna, entre un paso y el siguiente parecían transcurrir horas. Pero llegó y, con una especie de nudo en la garganta, vio un vacío en la habitación. Ni el más mínimo rastro de la máquina. La escena era alarmante, aunque no tan descabellada, caviló. Si el cuento de Dino Buzzati no se había escrito jamás, no encontraba razón para que existiese aquella máquina, no había modo de que la máquina hubiese saltado de la ficción a la realidad. Eso estaba diciéndose, sin saber si debía sentir alivio o preocupación, cuando creyó oír no muy lejos un zumbido familiar: era un zumbido insistente, era el ruido perturbador de la máquina de detener el tiempo, pero cada vez más débil, pero cada vez más lento, más pausado y más trabajoso, pero cada vez más…

GUTENBERG
(TIPOS MÓVILES / PAPEL PERMANENTE)

En realidad, Gutenberg inventó la imprenta jugando o casi por accidente. Esto piensa Jacques Jouet en el relato más breve de su libro *El punto de vista del caracol.* Lo que buscaba era crear un papel resistente, eterno, *imag. 16* indestructible, que ningún ratón pudiera roer, que ningún fuego pudiera devorar. Capaz, por qué no, de apagar incendios.

Gutenberg casi inventó el fuego por accidente. O esto piensa, por qué no, Jacques Jouet en el relato más eterno de su breve libro *El punto de vista del papel.* Lo que buscaba jugando era crear una imprenta resistente, indestructible, que ningún caracol pudiera apagar, que ningún ratón pudiera devorar en realidad. Capaz de roer incendios.

En breve, Gutenberg piensa la realidad indestructible casi por accidente. Esto inventó Jacques Jouet en un relato de su libro *Más incendios de papel (imprenta del ratón).* Lo que buscaba crear, por qué no, era el punto de vista eterno que ningún fuego pudiera roer, que ningún capaz *imag. 18* resistente pudiera apagar o devorar jugando al caracol.

¿DESPIERTA-IDIOMAS?

«Los farmacéuticos norteamericanos suministran productos específicos para hablar en hebreo, griego o latín.»

······ Rogers, Edward Coit, *Philosophy of Mysterious Agents*, en: Padre Xavier Pailloux, *El magnetismo, el espiritismo y la posesión*.
······ Citado por Gustave Flaubert en su *Sottisier*, cuaderno de apuntes para la segunda parte de *Bouvard y Pécuchet*.

KALLOCAÍNA

Suecia, abril de 1941. Días después de que Hitler invada Grecia, aparece muerta la poeta y narradora Karin Boye. Muchos piensan en un suicidio. Meses atrás ha concluido una novela titulada *Kallocaína* en la que un científico llamado Leo Kall inventa un suero de la verdad. Inyectable, de color verde pálido, la *kallocaína* –así lo creen los responsables del temido Ministerio de Propaganda del no menos temido Estado Mundial– posibilita un sistema policial, sin juicios ni tribunales, en el que bastaría con la confesión.

Miembro del grupo pacifista Clarté, Boye ha plasmado una antiutopía donde corre peligro «el último resto de nuestra vida privada». El propio Leo Kall se sorprende en la novela de lo simple que resulta obtener confesiones gracias al suero. Bajo la influencia de su droga, los acusados se vuelven súbitamente locuaces. Admiten no solo un delito cometido, sino otros anteriores. Y, una vez pasado el efecto, al comprender lo que han hecho (acusando, en muchos casos, a parientes o camaradas), se cubren tardíamente el rostro avergonzado.

Los del Ministerio de Propaganda arguyen que todo el mundo tiene
imag. 19 algo que esconder, aun cuando hay secretos peores que otros. ¿Qué tal si promulgan una ley castigando los «delitos de pensamiento»?

Leo Kall, por su lado, se pregunta si no le convendría emplear el suero con su esposa, a la que sospecha infiel. Pero también se pregunta si él está, como se dice, preparado para oír la verdad.

ELIXIR DE LA INMORTALIDAD

Del elixir que posterga para siempre o por un buen rato la muerte escribieron Richard Garnett, Leopold Schefer y Honoré de Balzac, entre otros. En «El elixir de larga vida», relato de Balzac, un joven don Juan se queja de la longevidad de su padre, Bartolomeo Belvidéro, quien no termina de legarle sus riquezas, hasta que llega el día esperado y es llamado al lecho de muerte. Su padre le revela entonces que posee un líquido mágico:

–He descubierto un modo de resucitar. Busca en el cajón de la mesa de noche. Tan pronto como haya exhalado el último suspiro, me frotarás todo el cuerpo con este líquido y renaceré. Lo harás, ¿verdad? –pide el padre.

Pero Bartolomeo muere y el hijo (único hijo) no acata esta última voluntad. No al principio, por lo menos... Porque luego, con remordimiento y curiosidad, justo antes de que entierren a su padre, coloca unas gotas del líquido en un ojo del cadáver. El padre da, de inmediato, señales de revivir. Como si hubiese aparecido «un ojo de niño en una cabeza de muerto», escribe Balzac. Un ojo resplandeciente que acusa, condena, amenaza, juzga, grita... Asustado, arrepentido, don Juan revienta el ojo y, si vale escribirlo así, el padre muere por segunda vez.

Resuelto a pasar por un hijo piadoso, don Juan levanta sobre la tumba de su padre un monumento y manda construir una estatua paterna. Pero, medio siglo después, es él quien siente la proximidad de la muerte y solicita, una tarde, la presencia de su hijo.

–Retoño mío –dice el moribundo–, tan pronto como haya cerrado los ojos, cogerás mi cuerpo, aún caliente, lo extenderás sobre una mesa, me despojarás de mis ropas, rezarás y con este líquido humedecerás mis ojos, mis labios, toda mi cabeza, y después los miembros y el resto del cuerpo.

El hijo promete hacerlo y, si vale escribirlo así, el elixir nace por segunda vez.

MÁQUINA DE INVENTAR NOVELAS

¿Conseguiremos una máquina capaz de sustituir al poeta y al escritor?, se preguntaba allá por 1967 Italo Calvino. ¿Tendremos máquinas capaces de componer poemas, cuentos, novelas? La fantasía está planteada por lo menos desde los lejanos tiempos en que Gulliver visitó la pequeña isla voladora de Laputa y un profesor le enseñó una máquina que combinaba palabras y podía producir libros.

Es cierto que el escritor, tal como ha sido hasta el presente, es ya una especie de «máquina escribiente», pero Calvino imagina «una máquina capaz de volcar sobre el papel todos esos elementos que acostumbramos a considerar como los más recónditos atributos de la intimidad psicológica». Y hasta añade que nada impide prever una máquina literaria que en cierto momento «sienta insatisfacción de su propio tradicionalismo». Una máquina, en suma, que se ponga a proponer nuevos métodos y a revolucionar sus propios códigos.

Cuarenta años después de las reflexiones de Calvino, en 2008, el ruso Alejandro Prokopovich presentó la así llamada «primera robot-novela»: una variación de *Ana Karenina,* de Tolstói, escrita al estilo de Haruki Murakami. En declaraciones periodísticas tras la publicación del libro (titulado, algo irónicamente, *Amor verdadero*), Prokopovich dijo que su programa jamás reemplazará el talento humano. La máquina, algoritmos mediante, tardó menos de tres días en escupir el texto, mientras que Prokopovich y sus asistentes tardaron casi un año en desarrollar su programa.

PINBALL ELÉCTRICO

En un relato del inefable Alphonse Allais, alguien está convencido de haber inventado el paraguas, objeto que, como todos sabemos (todos salvo, al parecer, el personaje de Allais), ya fue inventado hace mucho, mucho tiempo. Más razonable al respecto es el «amigo George», que, en un breve relato de Grace Paley («Historia de mi amigo George, inventor de juguetes»), llega a la conclusión de que no se puede «inventar de nuevo la rueda».

–¡George! ¡Esto no es un simple *pinball*! –le dicen–. ¡Es la quintaesencia poética del *pinball*!

Su invento no es para tanto; simplemente, «en lugar de las macizas bolas de metal que se propulsan dentro de una caja llena de luces y adornada con imágenes de atletas y de planetas, las bolas están rellenas de agua azul».

Tras la gran euforia inicial, Georges pone los pies en la tierra. ¿Cómo pudo suponer que era posible mejorar el *pinball*, ese invento ya suficientemente complejo y admirable? Algo por el estilo le ocurre al artista, al escritor, cuando tras el primer rapto, el de la sana (o no) locura creativa, toma distancia, reconsidera lo hecho y se pregunta si realmente tiene algo que aportar.

RADIOEXPLORACIÓN

Además del dial que permite sintonizar la estación favorita, además de las perillas para encender o apagar o regular el volumen y para optar entre AM y FM, además de eso, que es lo usual, hay un sistema de ocho teclas para el día, el mes y el año (16-02-1937) y, de tal modo, la radio se pone a emitir en directo como si fuera, en efecto, el 16 de febrero de 1937. La emisión solo es local (es decir, que si uno está en Filadelfia accede únicamente a las radios de Filadelfia y sus alrededores), no transmite desde el futuro (no puede ponerse una fecha del año 2180) y, desde luego, sería inútil seleccionar un año como 1636 porque la radio entonces no existía.

Sin embargo, en el relato fantástico donde esta radio es real («Radio Years»), Chester Barry narra la extraña epopeya de cierto «radioexplorador» que, al cabo de meses y años de pesquisas, viajando por el mundo entero con este artefacto del que no existe más que un ejemplar (el ejemplar que, por supuesto, él creó), comprueba al fin lo que tanto sospechaba: que, mucho antes de Marconi, una antigua civilización de América *imag. 20* del Sur llegó a emitir ciertas ondas, ciertos mensajes en una lengua que nadie, nadie logra descifrar.

TRASPLANTE DE CARA

Su cara, su más antiguo cómplice, no existe más. El hombre de negocios ha sufrido un accidente y con el fuego quedó totalmente desfigurado. El doctor Neilsen propone una solución tan costosa como exclusiva: la compra de un rostro nuevo. Él lo injertará, operación mediante, como una máscara. Lo que se llama un transplante total de cara. Será una in- imag. 15
tervención larga, explica, pero exitosa.

–¿Podré elegir el que quiera entre los rostros de los últimos muertos?

–Claro que sí –dice el médico, y aclara que el resultado será una mezcla entre el rostro viejo y el nuevo, entre su estructura ósea y la máscara del donante. Las dos cosas se combinarán mediante rasgos híbridos.

El hombre de negocios selecciona el rostro menos parecido al suyo. Se trata, es más, de un tipo de cara (arrogante, majestuosa) que nunca pudo tolerar. Es como un trofeo de guerra que le arrebata a un rival.

La operación. El sueño postoperatorio. El doctor Nielsen tiene la delicadeza de dejarlo a solas con un espejo. El hombre de negocios busca un punto de referencia, algo que no sea una imagen ajena: una mueca habitual, el brillo de los ojos. Se reconoce y no se reconoce y vuelve después a reconocerse. «Las dos caras forman una pareja ilegítima», piensa. Y ya imag. 30
no puede quitarse este símil de la cabeza. De igual modo que no podría, aunque quisiera, quitarse de encima este rostro ajeno.

······ Basado en el cuento «*L'Exilé*», de Éric Faye.

RELOJ DE VILLAYER

En su *Livre des bizarres*, Jean-Claude Carrière y Guy Bechtel citan algunos inventos insólitos, entre ellos un resorte para ponerse en la suela del calzado con el fin de acelerar el paso de los peatones (idea de un tal Rouffignac, en 1833), la locomotora que cargaba sus propias vías (imaginada por Richard Lowell Edgeworth) o el caso de un hombre convencido de haber creado una red, muy parecida a la que se emplea para cazar mariposas, que él usaba para capturar microbios.

Un capítulo aparte merece el académico francés Jean-Jacques Renouard de Villayer, que vivió en el siglo XVII y que, además de con-
imag. 21 cebir un sistema de «sillas voladoras» (sillas que en cierta medida anticipan el ascensor), también mandó construir un extraño reloj que colgó
imag. 17 en una pared, junto a su cama. Cada hora del reloj estaba señalada con un número al que Villayer dotó de una especia diferente. De noche, si despertaba, seguía con el dedo la aguja, tocaba el número y después se chupaba el dedo. Así, según el sabor y a pesar de la oscuridad, podía saber la hora exacta.

FÓRMULA DEL ORO

Edgar Allan Poe descubre a un inventor que realmente existió, el barón Johann Wolfgang von Kempelen (1743-1804), e inventa que ha descubierto algo o, mejor dicho, le adjudica un hallazgo imaginado por él y –antes y después– por todos los alquimistas: la fórmula para fabricar oro o la así llamada «piedra filosofal», soñada en tantas obras literarias, desde el cuento XX del *Conde Lucanor* o *El alquimista*, de Ben Jonson, hasta *La leyenda de los Pendragon*, de Antal Szerb.

Que el elegido sea Von Kempelen suscita un efecto especial. Mezcla de genio y timador, fue por un lado el empeñoso inventor (tras veinte años de trabajo) de una máquina parlante reconocida actualmente como pionera en la síntesis del discurso humano, pero por otro lado fue también el pícaro autor de un supuesto autómata «turco» que jugaba al ajedrez y tuvo la audacia de derrotar a un crédulo Napoleón Bonaparte en una histórica partida: una falsa máquina sobre la que Poe ya había reflexionado en su texto «El jugador de ajedrez de Maelzel».

Aunque nos dice poco y nada de la formula científica de V. K., Poe narra con vívido detalle el momento en que la policía descubre el laboratorio semioculto en un armario y ve unos restos de «bronce», que, como pronto se entiende, en realidad son oro fabricado, «absolutamente puro».

«En un rincón del armario –escribe Poe–, había un pequeñísimo incinerador con el fuego encendido, y en el fuego, una especie de crisol duplicado, dos crisoles conectados por un tubo. Uno de estos crisoles *imag. 22* se veía casi lleno de plomo en estado de fusión, aunque sin alcanzar la apertura del tubo, que se hallaba cerca del borde. El otro crisol contenía cierto líquido que, cuando los oficiales entraron, parecía disiparse furiosamente en vapor.»

En su texto, Poe vaticina que un descubrimiento como el de V. K. marcaría el brusco final de la «fiebre del oro» que en ese momento asolaba California y es, según parece, el objeto de sátira del cuento.

Como Borges (gran lector de Poe) haría más tarde con «Pierre Menard, autor del Quijote», Poe publicó este texto en un medio periodístico –en 1849, poco antes de morir–, sin indicar que era ficticio; irónicamente, el mismo número de la revista *(Flag of Our Union)* traía un artículo sobre la fiebre del oro.

En medio de un texto colmado de detalles –un texto muy puntilloso–, cuesta no sonreír cuando Poe comenta al pasar: «Las personas que cuentan verdades raramente son muy específicas».

GLOBO DE LA COBA

A Juan de la Coba, gallego, se lo conoce también como Juan de la Cueva y Gómez. Nacido en 1829 en Ourense, inventor y poeta extravagante (estirpe que comparte con el francés Charles Cros), De la Coba pudo jactarse de tres hallazgos: el *trampitán* (suerte de idioma privado y surrealista *avant la lettre*), el *pirandargallo* (un paraguas gigante que debía instalarse en el Polo Norte para evitar, de este modo, que lloviera en el planeta Tierra) y un aparato volador, una especie de globo aerostático sobre cuyo nombre los historiadores no acaban de ponerse de acuerdo. *imag. 23*

Según José María Merino, que le dedicó un texto en su admirable *Leyendas españolas de todos los tiempos* (2000), don Juan de la Coba era también aficionado a la escultura. Talló varias figuras de santos para las iglesias de su comarca, y la más famosa de todas fue, dice Merino, «un san Roque en el que el artista, por falta de madera, tiempo o ganas, o por mera provisionalidad, talló el perro del santo aprovechando el volumen y la forma de un gran nabo». Desde luego, el perro-nabo fue encogiéndose con el paso del tiempo y con la humedad, que en Galicia es abundante. Muchos quisieron ver en este encogimiento la señal de un milagro.

De la Coba murió en 1899, también en Ourense. El inmovilismo parece haber signado su vida: así como el *trampitán* es un idioma que no conduce a ninguna parte y cuya finalidad se agota en sí mismo, su globo aerostático postulaba una suerte de viaje quieto. Al respecto, el escritor Manuel Rivas ha contado que el singular aerostático de Juan de la Cueva se elevaba pero no se movía, de modo que el pasajero no viajaba a otro lugar, sino que ese otro lugar debía supuestamente viajar hacia el pasajero. En determinada ocasión, escribe Rivas, «Juan de la Cueva se subió al globo en Ourense y se mantuvo estático porque quería ir a Ceilán para hablar en *trampitán*, pero Ceilán nunca pasó por Ourense».

GPS SENTIMENTAL

En la obra de Hervé Le Tellier la invención suele ser formal, como ocurre con casi todos los libros de casi todos los miembros del Oulipo, hasta llegar a casos donde el formato del libro es un invento tanto o más admirable que su contenido. El objeto-libro inventado para la poesía combinatoria de los *Cien billones de poemas*, de Raymond Queneau, constituye un claro ejemplo.

En la novela *Basta de hablar de amor* (Le Tellier, 2009), cuya trama sentimental también puede tildarse de combinatoria, Thomas y Louise viajan en coche rumbo a La-Roche-sur-Yon, confiados a los consejos del GPS, cuando Louise dice de pronto: «Habría que inventar un GPS para *imag. 24* la vida». Louise adopta entonces la voz («incorpórea, un poco nasal») de la máquina y prosigue: «En una semana, consígase un amante. En un día, consígase un amante. A Thomas Le Gall, ahora mismo, a su izquierda. En un mes, abandone a su marido. En una semana, abandone a su marido». Hábilmente, Thomas sonríe y propone: «Abandone ya mismo a su marido». Thomas, huelga decirlo, es el amante.

imag. 16

imag. 17

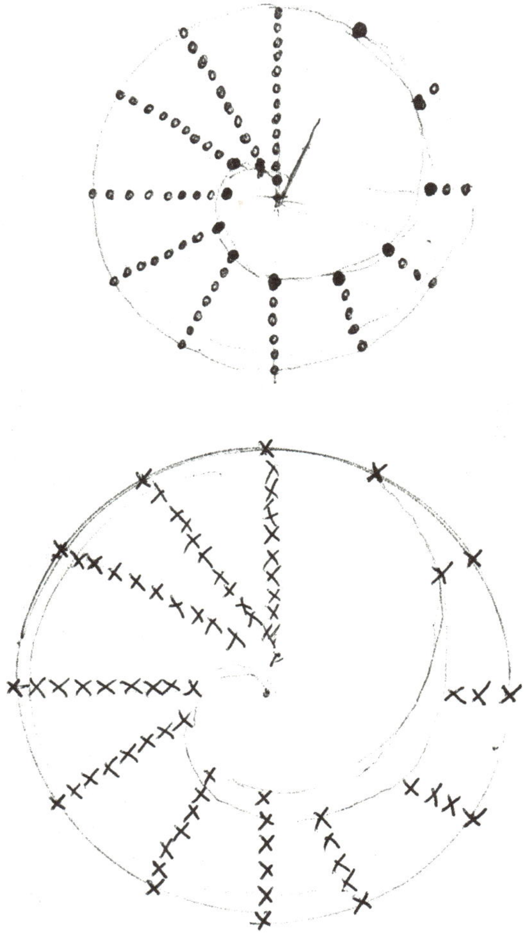

imag. 18

imag. 19

imag. 20

imag. 21

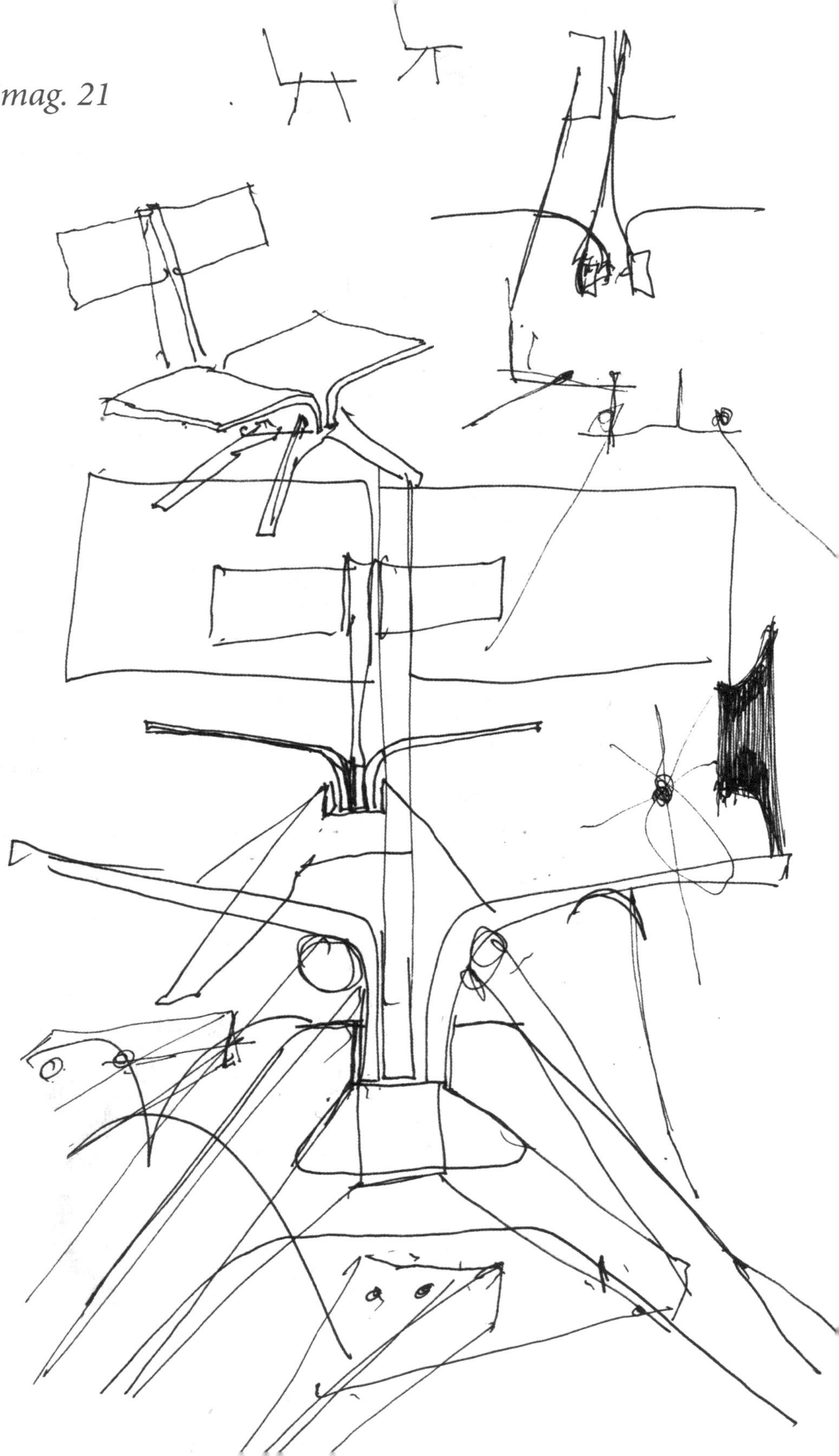

imag. 22

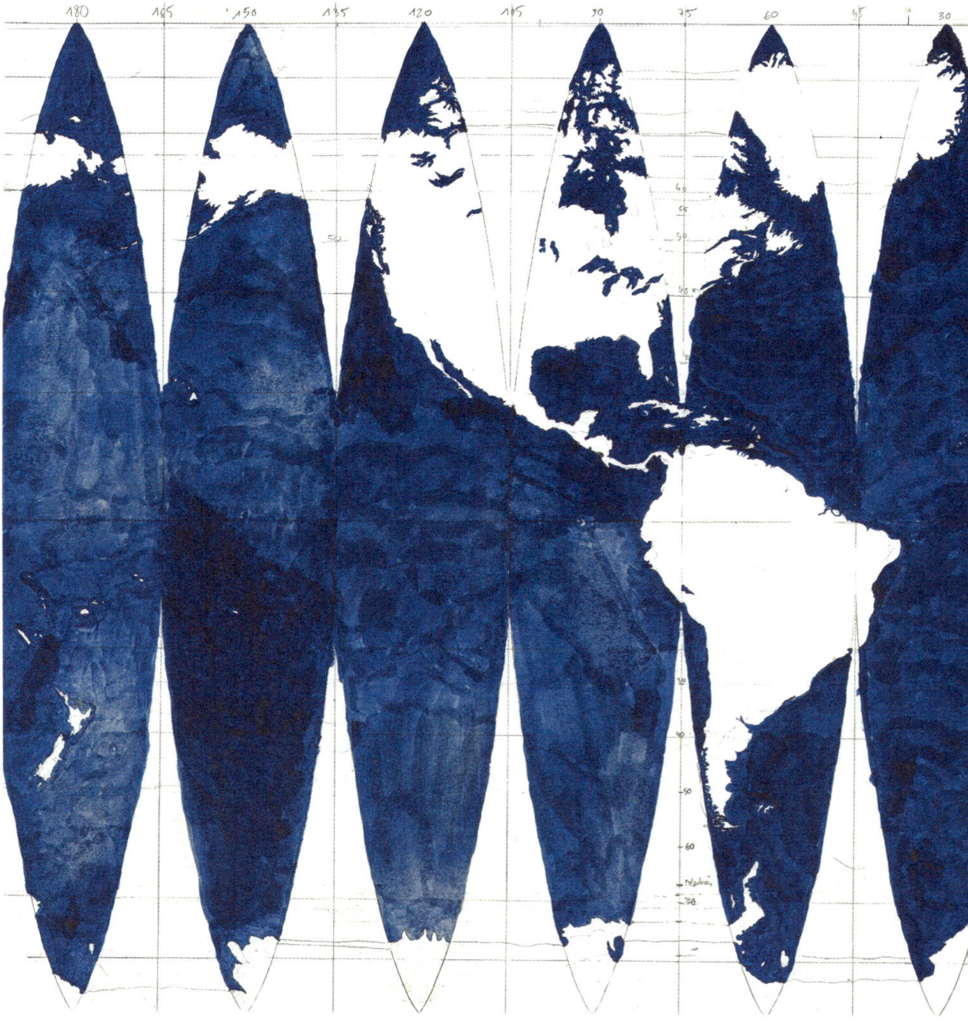
180
165
150
135
120
105
90
75
60
45
30

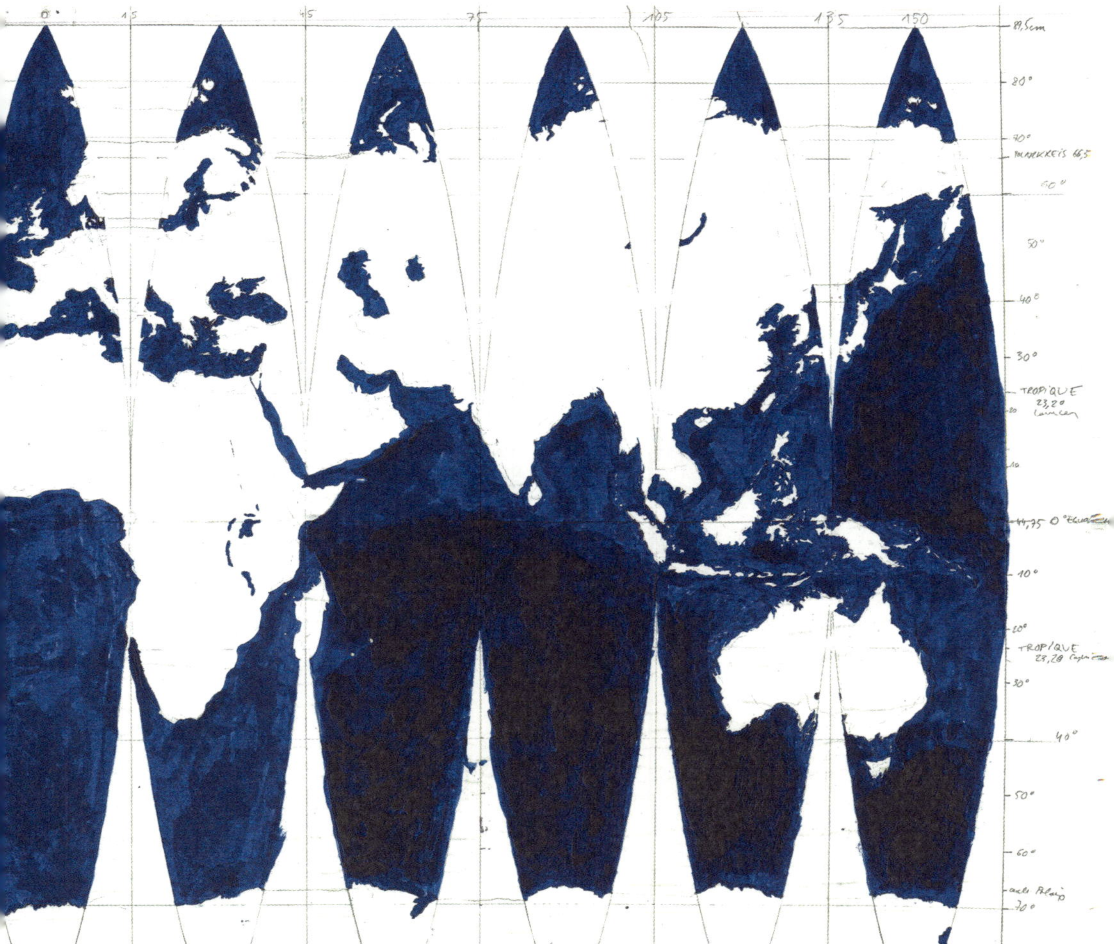

imag. 23

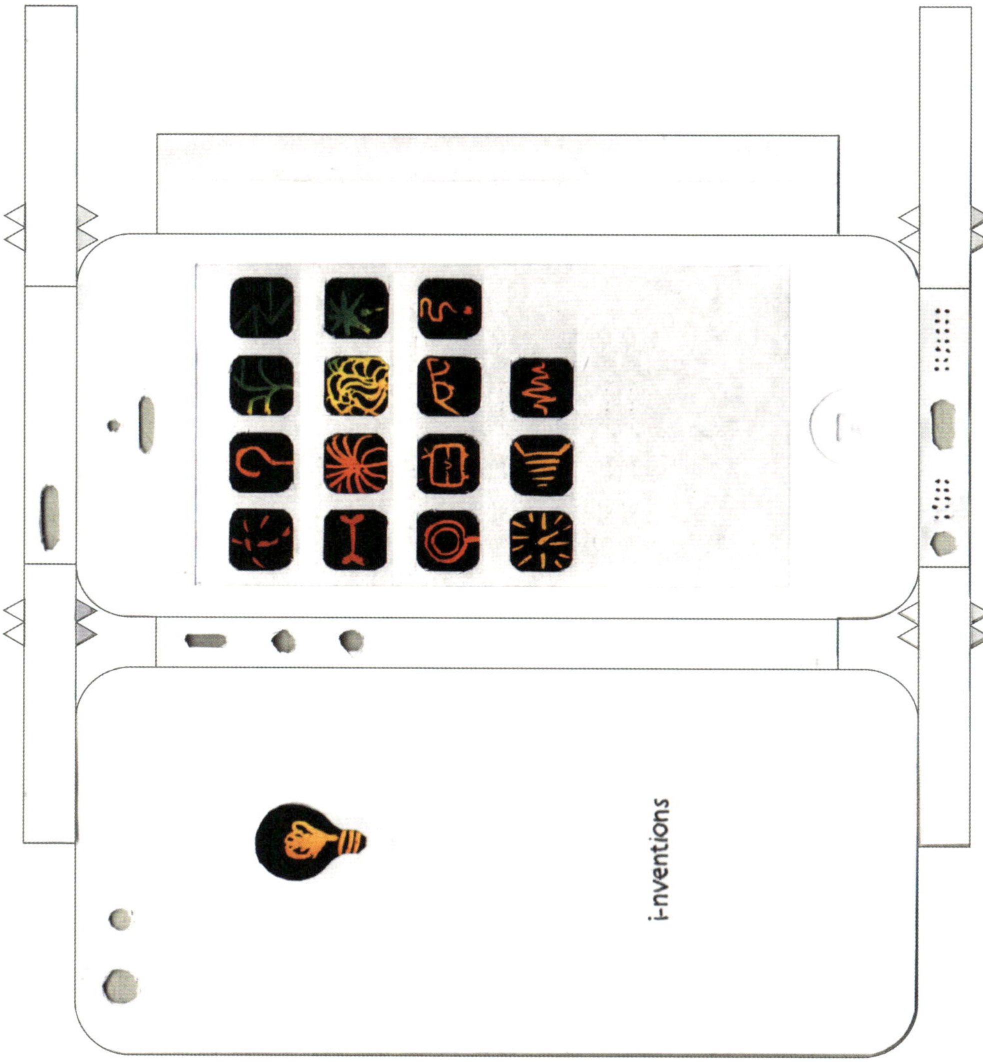

imag. 24

PÍLDORA CONTRA EL ACENTO

Hay una explicación científica detrás de esos actores que nos maravillan al cambiar de idioma: de esa actriz, oriunda de un pequeño país (cuya lengua hablan muy pocos), que ahora vive en Hollywood y exhibe un inglés perfecto; de ese actor de Sudamérica (de Chile, pongamos, o Perú) capaz de imitar con soltura el acento mexicano, el argentino, el cubano o el español como si fuera una máquina. Un día nos dirán la verdad. Nos dirán que salió a la venta, por fin, la esperada píldora contra el acento extranjero. Mientras tanto, nos preparan para semejante noticia y el cómico Gad Elmaleh (el Jerry Seinfeld francés, lo llaman muchos) juega en un reciente espectáculo con la posibilidad de una píldora de esta especie como si fuera una broma, una mera ocurrencia suya.

El próximo paso, se sabe, es la píldora para escribir en todos los idiomas sin errores. Supongamos que, en verdad, yo solo sé hablar inglés pero, así y todo, escribo este texto en español gracias a la píldora. Esta fase, *of course*, se halla en una etapa *more incipient because* los científicos *haven't* dado *yet* con la *perfect* fórmula. Qué *pity*.

PRONZÓN

Se trata de un aparato para destruir enemigos. Silencioso, solo funciona de noche y consume poca corriente. Pronzón, se llama. Así le ha puesto el señor Pronz (o, mejor dicho, así le ha puesto el señor Wilcock, inventor del señor Pronz y también del *estereoscopio de los solitarios*), y su eficacia es pasmosa: el insufrible portero fue enviado a la guerra, el verdulero de enfrente murió aplastado bajo un alud de manzanas, el tío Poiso no sobrevivió a una bomba. Por fortuna, el señor Pronz no tiene muchos enemigos. Y a este ritmo no le quedará ninguno. Pero tiene muchos amigos, y a todos les dice, con cara de yo no fui, que esa máquina aparatosa, bizarra, algo temblequeante, no es más que una vieja y simple calculadora.

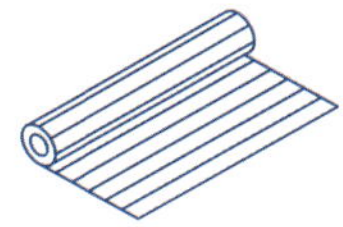

TEJIDO IRROMPIBLE

Si todo lo real es imaginable, ¿todo lo imaginado es realizable? Así parece en el caso de Sidney Stratton, el científico algo infantil al que Alec Guinness presta su cuerpo y su talento de actor en *El hombre del traje blanco* (1951), film de Alexander Mackendrick. El gran invento de Stratton es un tejido irrompible que no se desgasta ni se ensucia. Tras las *imag. 25* primeras reacciones de euforia, la industria textil comprende que es el fin: la invención de Stratton les arruinará el negocio. Lo que sigue es una persecución en la que el científico parece más frágil que su irrompible traje blanco, pero también una entretenida reflexión sobre la «obsolescencia programada».

Un reciente documental de Cosima Dannoritzer, *The Light Bulb Conspiracy (Comprar, tirar, comprar)*, narra cómo alrededor de 1920 un «cartel secreto» se reunió con el fin de limitar la vida útil de las bombillas incandescentes, lo cual dio paso a la primera obsolescencia planeada. Desde entonces, la estrategia de la obsolescencia ha sido una de las bases de nuestra economía. Las cosas irrompibles, aunque pueden ser realizables, no son bienvenidas aquí. Haga la prueba, por ejemplo, de tironear de esta página. Con fuerza, vamos, con fuerza. Siempre tendremos otro libro (idéntico o parecido) para venderle.

HARAGAKA

En la vasta y cambiante obra de Masuji Oyama (para muchos, maestro y padre del relato japonés, a la altura de Akutagawa) sobresale *Nosotros (Wareware)*, una serie de monólogos en primera persona donde el que habla es siempre un objeto: un libro, una silla, un vaso, un futón o, desde luego, el infaltable caso del billete que pasa de mano en mano y narra sus peripecias. El japonés, al igual que el idioma chino, carece de distinción entre masculino y femenino. Por lo tanto, en un texto escrito en primera persona no hay indicios suficientes de género. En sus veinte monólogos, Oyama opta por una salida sencilla: colocar una breve nota en la que indica, por ejemplo, que su vaso narrador es una mujer, que su silla es un hombre o que el futón es una mujer. Según Ryuzo Wadakura, máximo especialista en la obra de Oyama, el cuentista investigó los idiomas occidentales donde sí existe distinción de género y decidió emplear en su libro el género contrario al más habitual: si en italiano, castellano y francés la bicicleta es femenina, en *Wareware* aparece en masculino. El libro incluye, además de un futón, dos objetos típicamente japoneses: el *sichirin* (hornillo portátil) y el *shamisen* (instrumento musical), y concluye con un objeto inventado por Oyama: el *haragaka* o máquina de hacer silencio. La propia máquina relata (en masculino) su esforzada labor en un restaurante donde los clientes solían hablar a gritos y, sobre todo, su proeza de haber hecho silenciar un estadio con más de cuarenta mil espectadores. Algo que solamente volvería a hacer veinte años después de este libro (es decir, en 1950) el inventor uruguayo Alcides Ghiggia.

Como todo invento atesora su contrario, décadas después el escritor Paul Fournel inventó el artefacto de ruidos urbanos, perfecto remedio contra la calma rural.

LIBRO INFINITO

El vendedor de biblias llama a la puerta. La mujer, que lo recibe de mal grado, advierte en el acto que lo conoce: es el mismo vendedor de biblias que asomaba en el cuento de Borges llamado «El libro de arena», ¡exactamente el mismo!, y lo más raro es que no ha envejecido nada, como si hubiese hecho un pacto con el bando adversario, el bando que no lee biblias o, al menos, dice no leerlas. La mujer lo contempla boquiabierta desde el umbral de su casa portiabierta. El vendedor parece cumplir de memoria un papel prefijado. Y hasta repite unas palabras que decía en aquel cuento, ¡exactamente las mismas!, cuando le quiere vender ya no sus biblias, sino un libro especial. Un libro valioso, imposible: «El número de páginas de este libro es exactamente infinito. Ninguna es la primera; ninguna, la última. No sé por qué están numeradas de ese modo arbitrario. Acaso para dar a entender que los términos de una serie infinita admiten cualquier número». La mujer, qué duda cabe, compra el libro. Y, desde entonces, es su lectora eterna.

TREN INFINITO

«Los que viven junto a las vías se han acostumbrado al ruido, salvo en medio de la noche, cuando para dormir se ponen tapones en los oídos y, en vez de contar ovejas, cuentan vagones. ¿El tren lleva pasajeros o va vacío? Nadie lo sabe; ni siquiera el yogi anciano que asegura, ciertas noches, haber visto hace ya tiempo la cabecera del tren.» *imag. 26*

········ Chandramani Srinivasaraghavananda, *Life and Opinions of Krishnan Shanti*, capítulo XVIII, página 352.

CAFETERA PARA MASOQUISTAS

Jacques Carelman empezó como dentista (entre sus pacientes estaba Tristan Tzara), continuó como efímero trompetista de jazz y acabó siendo el autor de un memorable *Catálogo de objetos imposibles* que publicó en 1969 como parodia al entonces exitoso folleto de venta por correo de Manufrance (Manufacture Française d'Armes et Cycles de St. Etienne). El catálogo de Carelman contenía cientos de objetos falsamente cotidia- *imag. 28*
nos: la bicicleta para escaleras (con ruedas cuadradas), el «aparato para poner los puntos sobre las íes», el «crucifijo de viaje» (con «brazos plegables» e «ideal para peregrinos»), las «zapatillas para hacer la limpieza» (provistas de un cepillo y una pala para barrer sin agacharse), el «puzle de dos piezas (ideal para principiantes)» o los anteojos-reloj, que indi- *imag. 29*
can la hora en sus cristales para que nadie nos detenga y nos pregunte «qué hora es».

Se suele establecer un vínculo entre Carelman y el sueco Oscar Reutersvärd, pionero de «figuras imposibles» como el «triángulo de Penrose». La diferencia primordial es que Reutersvärd diseñaba objetos que parecían sólidos, pero no podían ser luego construidos (al mejor estilo Escher), mientras que Carelman, estimulado por el éxito de su catálogo –que llegó a traducirse a quince idiomas– y por la gente del Museo de Artes Decorativas de París, se puso a forjar objetos tridimensionales. De esta manera, nació una fabulosa exposición itinerante que casi tres millones de personas llegaron a visitar en ciudades como Buenos Aires, Tokio, Barcelona, Nueva York, Jerusalén o Hamburgo.

Entre casi doscientos objetos absurdos y quiméricos, Carelman exhibió allí su célebre cafetera para masoquistas. En ella, el asa y el pico están del mismo lado. El objeto es imposible si se le busca la utilidad de una cafetera clásica. Y, hecho inquietante, parece más simple de hacer (e *imag. 27*
incluso, por qué no, de concebir) que de utilizar.

ÓSCULOS ® (VÍA ORAL)

COMPOSICIÓN

Un ósculo contiene:
Hidróxido de saliva . . . . 2,5 mg
Dióxido de lujuria . . . . 4,3 mg
Excipientes: eventualmente aroma de menta o fresa, componentes orgánicos en descomposición, residuos dentífricos.

PRESENTACIÓN

Suele presentarse en forma de músculo bilabial propio en contacto *imag. 30* epidérmico directo con músculo bilabial del paciente adyacente (con participación ocasional de determinados órganos situados en las respectivas cavidades bucales).

ACTIVIDAD

El ósculo presenta una actividad desinhibitoria, afrodisíaca y analgésica importante en el tratamiento de depresiones, trastornos psíquicos, inhibición sexual y demás tipos de enfermedades de carácter nervioso y/o psicosomático.

INDICACIONES

Está indicado en todo tipo de afecciones pasionales, particularmente en casos de enamoramiento agudo con trastornos del aparato locomotor y afecciones inflamatorias de los órganos genitales.

CONTRAINDICACIONES

Se recomienda no aplicar el ósculo sobre mucosas, aftas, úlceras o lesiones abiertas de la piel.

PRECAUCIONES

Debe administrarse con precaución en caso de graves trastornos cardiovasculares y alteraciones del ritmo cardíaco. Asimismo, deben tomarse las necesarias precauciones ante la presencia de aparatos ortodónticos en el paciente adyacente o la existencia de procesos mefíticos de origen halitósico.

ADVERTENCIAS

Embarazo y lactancia: no se han descrito.
Efectos sobre la capacidad de conducción y manipulación de maquinaria: no se han descrito (siempre y cuando la aplicación del ósculo y la conducción no tengan lugar de manera simultánea).
Se informa a los deportistas que el ósculo contiene un componente que puede establecer un resultado analítico de control de dopaje como positivo, debido a sus efectos eufóricos y vasodilatadores.

POSOLOGÍA

El ósculo puede aplicarse las veces que el paciente considere oportunas.

SOBREDOSIS

En caso de sobredosificación extrema pueden presentarse síntomas de nerviosismo y palpitaciones, que se combatirán con las medidas habituales. Si se detectara hipersensibilidad, suspéndase el tratamiento inmediatamente.

REACCIONES ADVERSAS

Ocasionalmente pueden aparecer náuseas, palpitaciones, sequedad de boca, hastío o somnolencia que cesan al suprimir el tratamiento.
En caso de aplicación accidental o indeseada las reacciones adversas pueden resultar imprevisibles.
Si se observa cualquier otra reacción adversa no descrita anteriormente, consulte a su médico o consejero sentimental.

CADUCIDAD

La fecha de caducidad del ósculo la determina el paciente.

Texto revisado: octubre de 2014.
Sin receta médica.
No es necesario mantener los ósculos fuera del alcance de los niños.

········ «Ósculos®», de Pablo Martín Sánchez, incluido en su libro *Fricciones*. Versión abreviada, escrita por el autor especialmente para este inventario.

MÁQUINA DE TORTURAR

El invento es tan macabro como puede atestiguar el visitante o el «explorador»: una máquina gigantesca que escribe, dolorosamente, la sentencia en la carne del condenado. Hay tres partes, y cada una lleva un nombre llamativo: la Cama, el Diseñador y la Rastra. Todo se resume en un sistema de agujas y de tinta.

«Se trata de escribir con la Rastra, en el cuerpo del condenado, la disposición que él mismo violó», le explica el oficial al visitante. Por ejemplo: RESPETA A TUS SUPERIORES.

Al visitante le asombra no únicamente que el hombre que allí torturan no se pueda defender, sino que además desconozca su sentencia. «Sería en vano anunciársela. Ya lo sabrá en carne propia», argumenta el oficial.

Se ha afirmado hasta el hartazgo y no deja de ser cierto: la máquina de torturas de *La colonia penitenciaria,* de Kafka (sumada al sistema judicial que pinta Kafka), anticipa con inquietante precisión la gramática y la tecnología del nazismo. «Mi principio fundamental es que la culpa siempre es indudable», se entusiasma el oficial.

En un cuento jasídico que refiere Martin Buber, un rabí arguye que se pueden aprender cosas importantes de los inventos modernos. Desconfiando, alguien pregunta qué podemos aprender de un tren. «Que por culpa de una fracción de segundo podemos perderlo todo», dice el rabí. ¿Y del telégrafo? «Que cada palabra cuenta y se cobra.» ¿Y del teléfono? «Que lo que decimos aquí se oye allá.»

¿Qué podemos aprender de la máquina que Kafka imaginó en 1914? Acaso que la justicia, como decía Benjamin Franklin, no será servida mientras quienes no son directamente afectados por ella no se indignen tanto como quienes sí lo son.

DERMOTIPIA

Casi una versión ligera de la pesadilla kafkiana. Se trata, explica Alphonse Allais, de «la reproducción sobre la piel humana de textos compuestos con caracteres de imprenta». El uso es, ante todo, práctico y beneficioso. ¿Alguna vez tuvo usted necesidad de su partida de nacimiento, de sus diplomas de estudio, de su pasaporte y visado, de su legajo judicial? Ya basta de acumular, cargar o perder papeles. Todo estará de ahora en más, como suele decirse, a flor de piel.

MÁQUINA DE GLORIA

PRIMER ACTO

J.-M. Gavarni, obeso, cincuentenario, periodista y autor teatral de escaso éxito, examina la calle desde el balconcito de su casa (quinto piso en el quinto distrito de París) y advierte, apesadumbrado, que es casi el mismo paisaje que contempla desde el palco antes de que, noche a noche, se alce el telón: poca gente. O, en este caso puntual, poco público para lo que será su suicidio.

Se manifiesta, oportunamente, el hada Fortuna (menuda, hermosa, tan joven que parece una niña) y logra impedir el suicidio hablándole de una máquina inventada por el ingeniero Bathybius Bottom: una «máquina de gloria», le explica, destinada a satisfacer a los autores dramáticos, que, privados de esa facultad que algunos llaman «genio», ansían fama, dinero y aclamación.

SEGUNDO ACTO

Visita del hada Fortuna y Gavarni al ingeniero Bottom, hombre remilgado, distante e irascible. Es un asistente quien expone el mecanismo de la máquina, que en síntesis reemplaza al antiguo recurso de la claque. «La máquina es la sala misma», dice el asistente de Bottom. «Está adaptada a ella. De tal modo que cualquier obra teatral se convierte, en dicha sala, en una obra maestra.» En efecto, los palcos están trucados y hacen llover sobre la escena ramos de flores y hasta coronas de laureles con el nombre del autor escrito en letras de oro. En cuanto a las butacas, lo más relevante de ellas es el bosque de manos aplaudidoras de madera, manos escrupulosamente modeladas siguiendo los más célebres patrones: de Napoleón a Goethe, de Dante a Shakespeare. ¡La sala retumbará de aplausos inmortales! *imag. 35*

TERCER ACTO

Gavarni ya ha estrenado en la sala-máquina, con previsible triunfo, su última obra, que por cierto es muy mala. Pero se siente infeliz y, ante todo, no tolera la idea de salir de la sala. Fuera de ella, descubre, la gloria se desvanece y se revela la mentira. Desde luego, la máquina incluye también una función crítica, y los numerosos artículos, todos colmados de alabanzas, son una burda mezcla de los lugares comunes de la crítica periodística.

Aparece, una vez más, el hada Fortuna. La acompaña ahora el diminuto apuntador que, desde el hueco, maneja las palancas, los botones, los resortes y los interruptores de la máquina, entre ellos el manómetro que marca los kilogramos de inmortalidad. El hada trae una factura y se le entrega a Gavarni, en nombre de la Posteridad, mientras resuenan insignes trompetas. Diálogo final entre Gavarni y el hada Fortuna. Él: «La Gloria es efímera, como un vapor». Ella: «¿Y bien? ¿No existe, acaso, una máquina de vapor?».

Telón final. Aplausos amañados (retumban en especial las manos de Montaigne y Dickens, pero lógicamente no las de Cervantes), pedidos de bis y, por fin, densa lluvia de laureles.

········ Basado en «La máquina de gloria S. G. D. G.», cuento de Villiers de L'Isle Adam.

CASA MÓVIL

El 16 de marzo de 1903, H. G. Wells apunta en su diario que ha terminado de leer una novela «de lo más curiosa y estimulante». Se trata de *¡La Momia! Una historia del siglo XXII*, libro publicado anónimamente en 1827, en tres entregas, por la futura botanista Jane Wells Webb de Loudon (1807-1858). La novela cuenta la historia de una momia egipcia que resucita muchos siglos después de la era de las pirámides: en pleno 2126.

H. G. Wells vivía por entonces en una pequeña ciudad de la región de Kent, en el sur de Inglaterra, muy cerca de su colega Joseph Conrad, quien solía visitarlo a menudo con su esposa Jessie y su hijo Borys. El 3 y el 18 de abril del mismo año, Wells vuelve a hacer referencia al libro que Loudon escribió con apenas diecisiete años de edad. «Hemos hablado, Conrad y yo, sobre algunas de las invenciones que presenta la novela. Ambos pensamos que dichas invenciones, pese a que llegan a ser notables en más de un caso, ineludiblemente harán que envejezca la obra. El futuro es imaginado, se quiera o no, desde un presente que caduca a diario. El año 2126 imaginado en 1827 se parece más a 1827 que a 2126, de igual modo que se parecerá a 1927 tan pronto como se lo imagine desde ese año», dictamina el autor de *El hombre invisible.*

La novela de Loudon resulta tan insólita que Conrad, por un momento, desconfía. ¿No se tratará, más bien, de un libro que su amigo planea escribir y cuyo proyecto somete así a veredicto ajeno? Para despejar estas dudas, Wells entrega su ejemplar a los Conrad. Quien más se entusiasmará con la historia de la momia es la mujer del autor de *Lord Jim*. De las muchas invenciones de Loudon (indica Wells el 18 de abril, luego de otra visita de sus amigos), la favorita de Jessie Conrad es cierta «casa
móvil»: una vivienda que permite a las familias desplazarse de un sitio a *imag. 33*
otro sin necesidad de cambiar de hogar. Dicha fantasía no sorprende. En *imag. 34*

tiempos de Loudon, las mujeres estaban atadas a su hogar. La casa móvil es, sin dudas, una expresión de deseo. Una manera de soltar amarras sin romper del todo con las tradiciones. Una mezcla de pasado y porvenir. Como la historia de una momia, herencia de tiempos remotos, de viaje en tiempos futuros.

CUADRATURÍN (O SUPERFICINA)

Conocido por ser desconocido, como afirmaba de sí mismo, Sigismund Krzyzanowski (Kiev, 1887-1950) no logró publicar en vida una sola de sus obras, que en su conjunto llegaron a totalizar más de tres mil páginas. Fue otro escritor, Vadim Perelmuter, quien rescató sus novelas y sus relatos, a los que por simplificación muchos tildan de absurdos o fantásticos. En un cuento de 1926, un tal Sutulin recibe la visita de un hombre alto, muy alto, que le espeta: «Tal como me imaginaba, esto es una caja de fósforos». Se refiere a que Sutulin vive en apenas ocho metros cuadrados. El remedio se llama *cuadraturín* o *superficina*, según diferentes traducciones del ruso: una especie de pomada milagrosa que se aplica a las paredes y hace que las habitaciones se vuelvan más espaciosas. El *imag. 32* hombre insiste. La pomada es gratis. Sutilin no puede negarse. Y un papelito trae las instrucciones: 1) diluir una cuchara de extracto en un vaso con agua, 2) impregnar un trapo con la solución, 3) pasar el trapo por todas las paredes. El producto, de paso, funciona como insecticida. Sutulin no se aparta de las directrices y al instante su habitación queda envuelta en un olor amargo y fuerte. A la mañana siguiente, Sutulin vive una inquietante extrañeza: sus cosas están allí, claro que sí, aunque dispuestas en un espacio mayor. La habitación se ha agrandado. Sutulin debería estar feliz. Pero no. La habitación nunca termina de agrandarse: crece y crece, de manera irrefrenable, ya empieza a ser alarmante. Para *imag. 37* peor, llama a sus puertas un muy celoso inspector de la Comisión de Reevaluación de las Superficies. Y hace mucho frío en ese lugar cada vez más vasto. Y Sutulin empieza a sentirse tan solo…

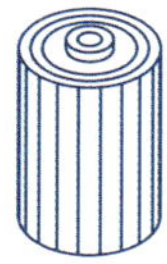

ODIOENERGÍA

Los recursos se agotan y la CORNE (Comisión por el Recambio de Nuevas Energías) fija una recompensa millonaria para el científico que encuentre la solución. El profesor Lekr propone, entonces, una idea curiosa: la capitalización del odio humano en energía por intermedio de *imag. 31* avanzados acumuladores. Imaginemos, ilustra el profesor Lekr, un tranvía que se moviese con «odioenergía» (no, Lekr no emplea esta palabra: es una pena) y que, en un momento dado, se quedase sin combustible. ¿Cómo reaccionarían los pasajeros? Con odio, furia, indignación. ¡Obviamente, estas emociones harían que el tranvía se pusiese otra vez en movimiento! La flor y nata de la CORNE parece más que persuadida. Pero al presidente lo asalta una duda: «¿Usted está seguro de que las reservas de odio humano son suficientes?». El relato de Sigismund Krzyzanowski no concluye acá, pero podría perfectamente terminar con esa pregunta. O con el profesor Lekr que alza las cejas. Sin odio. No. Casi con piedad.

DETECTOR DE MUERTOS Y VIVOS

En un film polaco de hace algunos años, el protagonista oye hablar de una máquina fantástica que, con solo examinar una fotografía, determina si los individuos allí retratados están hoy vivos o muertos. Como la realidad imita el arte, un matrimonio de científicos suizos ha anunciado la invención de un artefacto de propiedades análogas: una máquina copiadora de fotos que, según cómo se emplea, aparta lo que ya no existe de lo presente. Así, de una foto tomada hace treinta años y en la que se ve a un grupo de seis personas, el aparato proporciona dos fotos diferentes; una con quienes aún permanecen vivos, otra con los que están muertos. En ambos casos los ausentes han sido reemplazados por más paisaje de fondo, como si una grúa infalible los hubiese arrancado sin dejar rastro. Resultado de esta máquina curiosa, los muertos pueden congregarse sin perder la juventud mientras los vivos quedan abrazando por la espalda un espacio vacío: el aire que antes ocupaba un ser humano.

······ Eduardo Berti, *La vida imposible.*

PULSERAS ANTICÓLERA

El oído absoluto (1999), novela de Marcelo Cohen, transcurre en un espacio fundado y dirigido por el músico popular Fulvio Silvio Campomanes: se llama Lorelei, y allí se aspira a la felicidad colectiva por medio de una red de instituciones como la «Oficina de Indefinición Social», la «Oficina de Circulación» y otras oficinas más que si hubiesen tenido a mano el «polvo de la simpatía», inventado por Enrique Vila-Matas en su *Dietario voluble*, habrían hecho caer una lluvia en cantidades industriales.

En Lorelei (versión *kitsch* del paraíso) es corriente el uso de un accesorio llamado «pulsera anticólera». Cohen describe estas pulseras como unas «correas de metal articulado» que en su cara interna esconden un «mecanismo empático». En cuanto se acelera el pulso, en cuanto crece el malhumor, un diminuto parlante incrustado en la pulsera emite «un silbido chusco, reiterado». Un bochinche, en suma, que no acaba hasta que el aturdido portador de la correa recobra el buen humor. Desde luego, el ruido es también delator. Una forma de decirles a los demás: *imag. 31* este hombre se ha encolerizado. Y una forma, acaso inconsciente, de llamar con el ruido de las pulseras a una cólera general. Pero es sabido que en Lorelei no entra cualquiera: sus habitantes son cuidadosamente seleccionados. Y que, allí, la felicidad es obligatoria. Como en una mala canción del exitoso Campomanes.

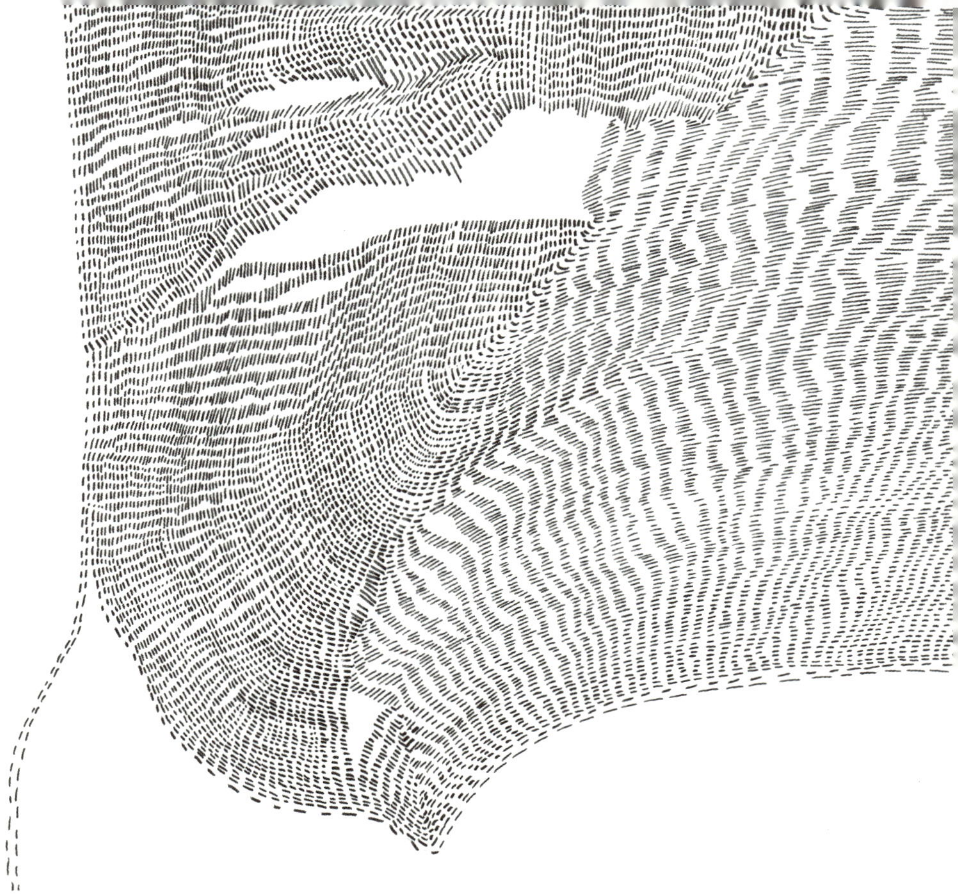

imag. 25

Berlin
Jüterbog
Bitterfeld
Delitzsch
Halle
Leuna
Apolda
Gotha
Erfurt
Eisenach
Fulda
Hanau
Frankfurt
Mannheim
Ludwigshafen
Karlsruhe
Kehl
Strasbourg
Colmar
Mulhouse
Belfort
Besancon
Arc et Senan
Dijon
Chalon
Macon Village
Lyon
Etats Unis
St Etienne
Valence
Orange
Avignon
Aix la Provence
Marseille

imag. 26

imag. 27

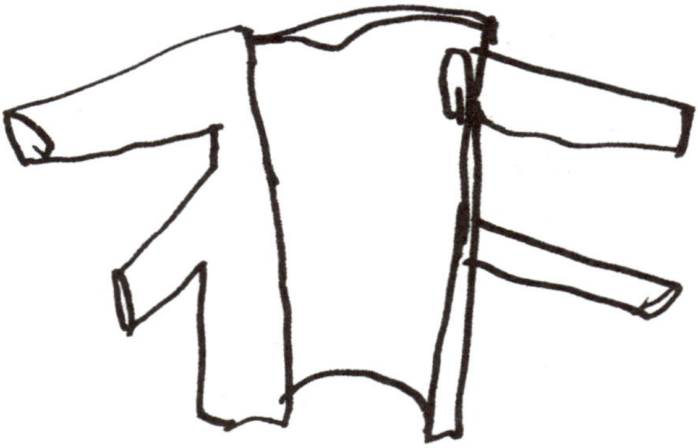

imag. 28

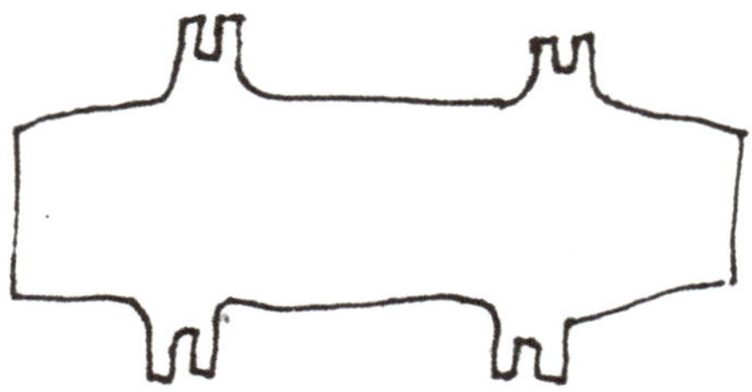

imag. 29

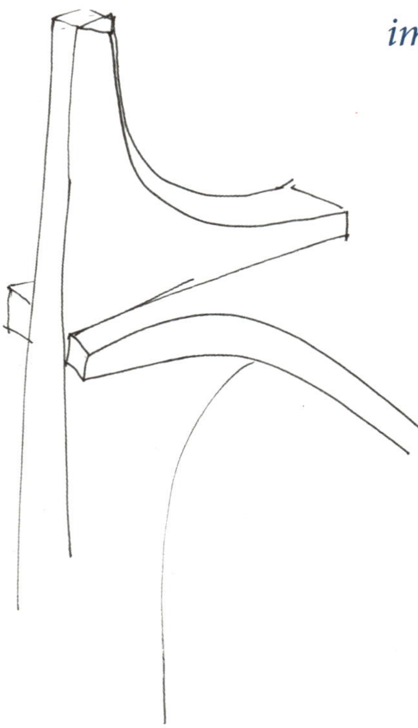

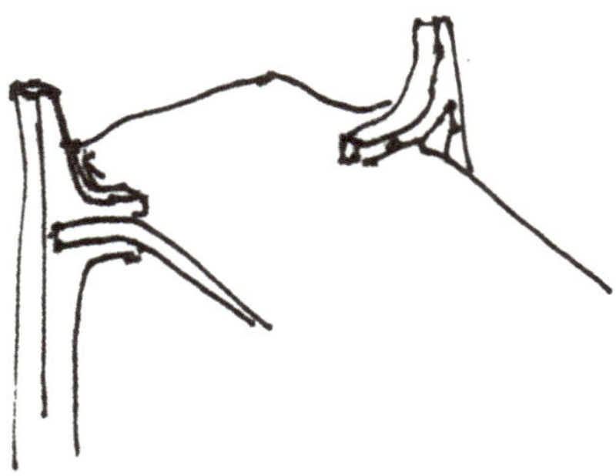

imag. 30

imag. 31

imag. 32

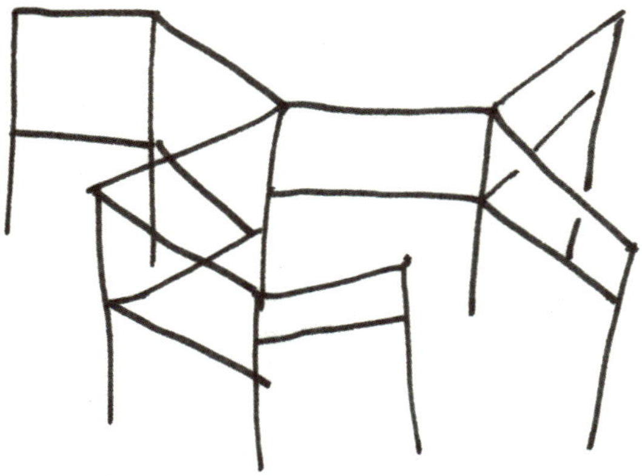

imag. 33

imag. 34

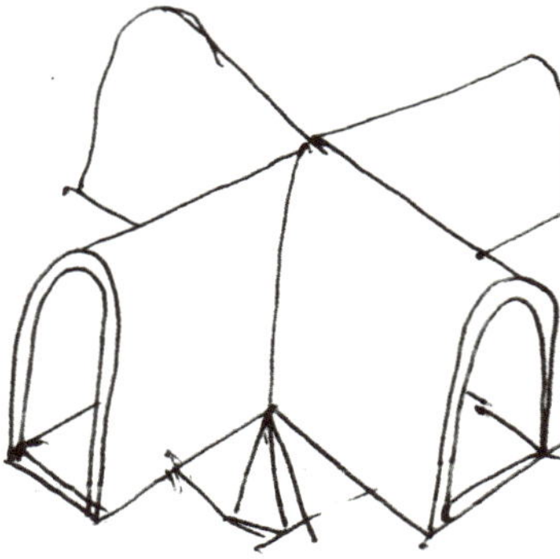

imag. 35

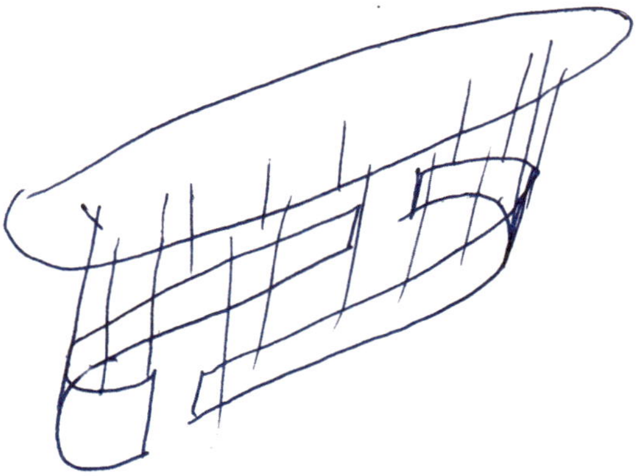

imag. 36

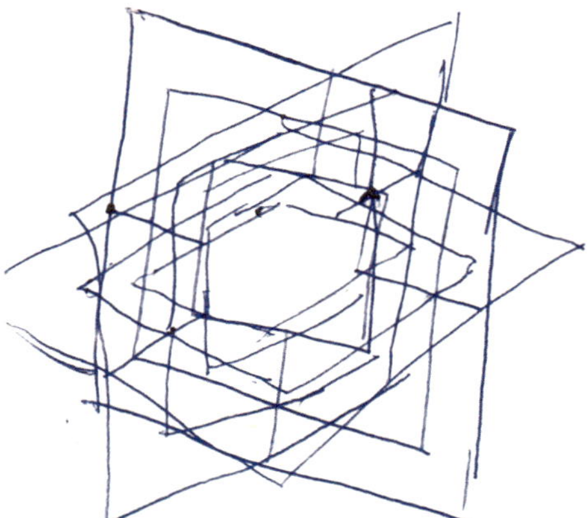

imag. 37

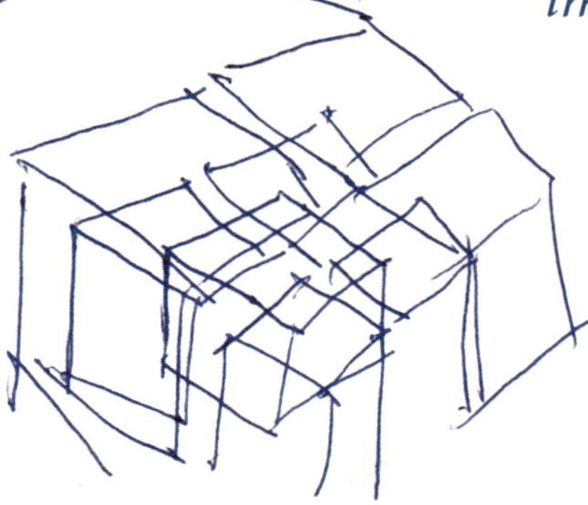

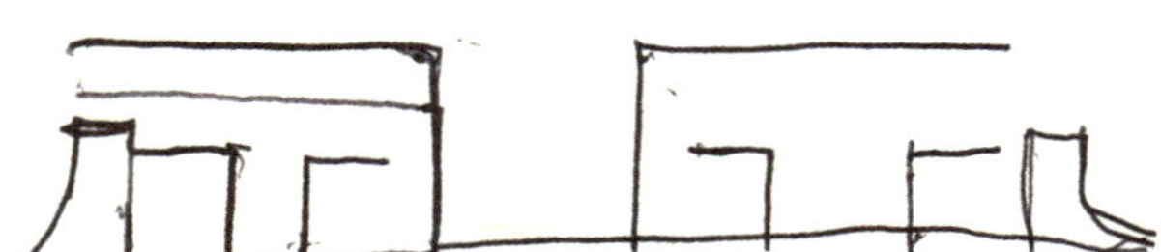

Muy inquieto porque oía cada vez con mayor frecuencia que «en este mundo está todo ya inventado», plasmó una máquina que crea el espacio libre para las cosas aún por inventar. Ahora puede dar rienda suelta a su vasta imaginación.

imag. 37

imag. 36

Eve J. Lunser,

El club de científicos de los domingos

ARTEFACTO DE CRÍTICA LITERARIA

En *El Sr. Mee* (2000), novela de Andrew Crumey, aparece un artefacto de crítica literaria que, con la compleja ayuda de un sistema de pesas y poleas, ofrece la valoración artística de cualquier libro. Casi al mismo tiempo, en 2001, la eslovena Adrijana Godzich presentó en la Universidad de Austin, Texas, un raro dispositivo que a simple vista parece un horno microondas, pero donde hay que introducir un libro durante varios minutos, tras los cuales la máquina emite una especie de informe crítico que analiza múltiples aspectos de la obra: «intensidad», «eufonía», «lirismo», «sorpresa», «originalidad», «posteridad», según rezan unos enigmáticos botones dispuestos por Godzich.

Se cuenta que alguien introdujo un ejemplar de *El Sr. Mee* y que la máquina de Godzich, aunque bastante laudatoria, expresó un par de objeciones. La más curiosa de ellas: el pasaje en el que Crumey pone en escena el artefacto de crítica literaria constituye un punto débil. Se trata de «un elemento totalmente inverosímil», puede leerse en el informe.

ALPHA 60

Von Braun, alias Nosferatu, es el creador de Alpha 60, el ordenador central que regula y controla la vida de los habitantes de Alphaville, la ciudad que imagina y hace película Jean-Luc Godard. Una orwelliana máquina de gobernar, una máquina tiránica que, años antes del HAL que aparece en *2001* (Kubrick), es capaz de dialogar con los seres humanos; de proponer acertijos («¿Sabe usted lo que transforma la noche en luz?») cuya respuesta es «la poesía»; de funcionar como una filosófica voz en *off*, una voz que nos dice que la realidad es compleja y que la lengua y los relatos le dan forma; o de murmurar, incluso, palabras de Jorge Luis Borges: «El tiempo es un río que me arrebata, pero yo soy el río; es un tigre que me destruye, pero yo soy el tigre...».

Godard estrenó *Alphaville* al mismo tiempo que el informático Joseph Weizenbaum terminaba de pulir el programa Eliza: programa que, ins- *imag. 38*
pirado en el psicoterapeuta Carl Rogers, lograba que una máquina mantuviera una charla de aspecto coherente, por escrito, con un usuario. Otros tiempos, desde luego. Tiempos en los que era menos infrecuente imaginar a un mandatario (máquina o ser humano, demócrata o nada de eso) diciendo cosas más o menos cultas...

GUANTES CON HUELLAS DIGITALES

Una noticia del 24 de julio de 1986, publicada en el diario *La Antorcha de Guayaquil,* Ecuador, daba cuenta de la captura de cinco ladrones profesionales que, en cada una de sus fechorías, se calzaban unos guantes de goma con huellas digitales falsas. O, más exactamente, cinco pares de guantes con huellas que en ningún caso correspondían a un miembro de la pandilla.

Una carta de un cauteloso lector, publicada el 30 de julio, tres días después de la desmentida oficial de la policía, anunció que la noticia era la copia aproximada de un cuento de Federigo Tozzi en el que cuatro ladrones de Siena, planeando un robo impactante, se proponen emplear guantes de caucho con las huellas del entonces jefe de Gobierno del país, Alessandro Fortis. En el cuento, los ladrones llegan a la deprimente conclusión de que es más fácil robar ochenta lingotes de oro que obtener una copia de los dibujos espiralados que la genética grabó en los dedos flacos que Fortis suele tensar en las arengas políticas.

Se cuenta que el redactor fue despedido del diario no por haber inventado una noticia (esto era, de hecho, una especie de tradición en *La Antorcha*), sino por haber plagiado para hacerlo.

NICTÓGRAFO

Tan solo un hombre de letras podría haber sentido el impulso de inventar un sistema para escribir por las noches, en medio de la oscuridad, cuando llegaba la bendita inspiración. El sistema se conoce como «nictografía», y el artefacto incumbente (por entonces podía llevar largo rato encender las lámparas) recibió el nombre de «nictógrafo» y fue perfeccionándose poco a poco, aunque siempre en torno al uso de cartones *imag. 47* con pequeños agujeros cuadriculados para guiar la escritura de cada letra.

Se sabe que este invento nació de la mente de Lewis Carroll, el matemático que hizo viajar a Alicia al País de las Maravillas, que llegó a idear cierto juego precursor del Scrabble, que inventó nuevas variantes para el *backgammon* y el *croquet* y que, al decir de algunos biógrafos como Morton Cohen, inventó el tablero de ajedrez portátil para viajeros. Se ignora, en cambio, si la inspiración para el nictógrafo llegó de noche o de día.

BORRADOR DE MEMORIA

¿Existe algún invento de Jules Verne que no se haya realizado? El submarino, la energía solar, el viaje a la luna... No todos piensan igual. A grandes rasgos, hay dos modos extremos de juzgar a Verne: como un profeta visionario comparable con Nostradamus o como un hombre de su tiempo que analizó como nadie lo que trazaba el presente, imaginando desarrollos y anticipando problemas. Muchas indagaciones serias sobre su obra, provengan del campo literario o científico, tienden a concluir esto último. El mito de «novelista profeta» tuvo su esplendor entre 1950 y 1970, desde el cincuentenario de su muerte hasta Apollo XI. A este mito contribuyó también un libro publicado en 1936 y la divulgación de un apotegma («Todo lo que un hombre es capaz de imaginar, otros hombres serán capaces de realizarlo») supuestamente incluido en una carta del novelista a su padre; una carta que Daniel Compère y otros estudiosos aseguran que Verne jamás escribió.

Según quienes relativizan el rol de «inventor» de Verne, su obra es menos una predicción que una veloz e inteligente aplicación de los tanteos pioneros de su época. El *Nautilus* (1869) refleja los primeros proyectos de máquinas submarinas que se desarrollaron entre 1850 y 1860. Las proyecciones de Orafnik (1892) se basan en el kinetoscopio, inventado en 1890. El *Albatros*, de Robur (1886), hunde sus raíces en el helicóptero pionero de Ponton d'Amécourt, de 1863. Y cuando Verne escribe entre 1860 y 1863 su novela *París en el siglo XX* existen ya el proyecto de tren subterráneo (1855), el «pantelégrafo», de Caselli (1859), y los *gaz-cabs*, de Etienne Lenoir (1859-61).

En la posición opuesta (no queda claro si en broma o en serio), unos escritores belgas cuyos nombres individuales no han trascendido, pero que firman en conjunto como Eve J. Lunser (anagrama de Jules Verne), han decidido que Verne es infalible y que predijo absolutamente todos los artefactos que hoy son parte de nuestra realidad e incluso algunos que restan por inventar. Decididos a probarlo, ya han escrito cinco novelas falsas de Verne, todas ellas ambientadas en el siglo XIX con apariciones fugaces, pero justificadas por la trama, de objetos insospechados en aquellos tiempos: prototipos o primeros experimentos del radar, del lavavajillas, de los trasplantes de órganos, de la clonación humana, de la tarjeta de crédito, del secador de pelo, del *spray* para impermeabilizar la ropa y hasta de una pasmosa máquina que sirve para «borrar la memoria humana», la que los belgas de Eve J. Lunser parecen haber tomado de un libro de Philip K. Dick, quien de este modo se ha convertido en plagiario de un célebre escritor francés. Esta máquina, en la falsa novela de Verne, permite borrar selectivamente. Pero al borrar un recuerdo (uno solo, por más pequeño que sea), los restantes quedan resignificados. Reescritos. Una metáfora, podría añadirse, de lo que hacen los artistas de Eve J. Lunser.

El objetivo de los belgas es publicar un total de veinte novelas falsas de Jules Verne. La idea tiene algo de *steampunk*, por supuesto. Pero también (y cabe preguntarse si por accidente) hace pensar en Michel Verne, hijo de Jules. Se cuenta que Verne padre llegó a producir dos novelas y media por año, y que su editor «solamente» le aceptaba dos. Al morir Verne, su hijo Michel encontró un puñado de novelas inéditas. Durante años nadie dudó de Verne hijo cada vez que anunciaba otra obra ignota de su padre. Pero en los últimos tiempos, tras un estudio de Piero Gondolo della Riva, se pudo establecer que al menos dos novelas (*La agencia Thompson & Co.* y *La asombrosa aventura de la misión Barsac)* fueron totalmente, o casi totalmente, fabricadas por Michel.

SAN SILVESTAIR

La apoteosis de Georgios Antoniadis, el inventor griego inventado por el turco Mehmet Erdoğan en su novela *Zaman*, es el momento en que convence a los directivos de KLM para que fleten un avión especial, el 31 de diciembre, bajo el lema publicitario «el Año Nuevo más largo de la historia». El avión vuela de Este a Oeste, a sesenta y cuatro grados de imag. 40 latitud y a la exacta velocidad de la rotación de la Tierra (unos ochocientos cincuenta kilómetros por hora en dicha latitud), siempre posado «encima» del huso horario que marca las doce de la noche, por lo cual el fin de año se prolonga las veinticuatro horas que dura el vuelo. En una escena del libro, una escena ferozmente cómica, los pasajeros no terminan de brindar y de brindar, y hasta los pilotos empiezan a beber de más…

Erdoğan tenía veintisiete años cuando publicó en 1977 esta, su primera novela, durante su exilio en Holanda. Antes de volcarse en la literatura, había probado fortuna con una serie de inventos de dudoso provecho, entre ellos un exótico *footballgraph*: un futbolín o metegol imag. 41 donde los diminutos jugadores llevan la punta de una estilográfica en los pies y, por lo tanto, dibujan en una página en blanco algo así como el imag. 39 cardiograma del partido.

La idea central de *Zaman* fue parte de esta etapa previa a la escritura. Erdoğan, a diferencia de Antoniadis, celebró algunos encuentros con diversos directivos de compañías aéreas a los que, en vano, intentó venderles la idea del avión y del «Año Nuevo más largo de la historia». Su plan consistía en que el avión se llamase San SilvestAir. Todos pensaron que aquello era una perfecta locura. Y es muy probable, como arriesga más de un biógrafo de Erdoğan, que su exitosa carrera como escritor empezara con su colosal revés como inventor.

ALARMA CONTRA CABEZAS EQUIVOCADAS

Es tradición que los niños de Hong Kong practiquen la lectura con una versión libre y actualizada de un cuento popular chino en el que hay cabezas que vuelan. La creencia en las cabezas voladoras es milenaria y aparece recogida por autores clásicos como Liu Jingshu o Gan Bao, cuyos relatos narran que, en plena noche, mientras algunos hombres duermen, sus cabezas echan a volar desentendidas de los cuerpos.

En la nueva versión del mito, dos cabezas emprenden vuelo en una misma ciudad, se confunden y regresan al cuerpo indebido. Es un hecho excepcional, dice el anciano Cao Yun, sabio local. Pero el hecho se reitera dos, tres veces en las semanas siguientes, como un desperfecto generalizado. Alguien propone, entonces, prohibir que las cabezas vuelen. La propuesta es acogida con triste resignación. Pronto la gente descubre que ha dejado de soñar y un ansioso descontento empieza a crecer en la ciudad. Hasta que el sabio Cao Yun inventa una «alarma contra las cabezas equivocadas». Ya no hay peligro de errores y todo el mundo sueña nuevamente. Algunos sueñan, incluso, que dos cabezas emprenden vuelo en una misma ciudad, se confunden y regresan al cuerpo indebido.

MÁQUINA DE HACER LLOVER

1.1 Cuenta la leyenda que el mismo día que Graham Bell patentaba el teléfono, apenas horas después, si no minutos después, otra persona (Elisha Gray) presentaba más o menos la misma cosa. El tiempo nos ha enseñado a desconfiar de estas leyendas: el teléfono, al parecer, fue ideado en realidad por el italiano Antonio Meucci.

1.2 Las invenciones ocurren a la vez, en diversos puntos del mundo, como lógica consecuencia de lo que podríamos llamar el paradigma o el «imaginario colectivo» de una época. Estos «descubrimientos» simultáneos se dan también en el mundo del arte y la literatura. ¿Es una simple coincidencia que el narrador omnisciente comenzara a abandonarse en el terreno literario al tiempo que en la física desaparecían los sistemas de referencia absolutos? ¿O que Virginia Woolf y Sigmund Freud se plantearan, casi a la vez, preguntas sobre el inconsciente?

2.1 En 1934, Raymond Queneau publicó su novela *Gueule de pierre*, donde contaba que en Ville Natale nunca llovía porque se había *imag. 42* puesto en acción un *espanta-nubes*.

2.2 En 1938, el ingeniero geofísico Juan Baigorri Velar, argentino egresado de la Universidad de Milán, anunció que acababa de crear un artefacto para hacer llover a voluntad.

3.1 La ilusión de ser dioses y manejar el clima no ha escapado a los escritores.

3.2 Un francés que vivía en Argentina (Godofredo Daireaux) había escrito, poco antes, un cuento llamado «El hombre que hacía llover». Para ello, el personaje recurría a «una tablita de metal, angosta y larga, con un tubito de vidrio en el medio, lleno de un líquido que, al menor movimiento, iba y venía».

imag. 43 3.3 El «pluviógeno» de Baigorri, más complejo, irradiaba ondas electromagnéticas en la atmósfera. Pronto instaló en su casa de la calle

Araujo una enorme antena que apuntaba, muy decidida, al cielo de Buenos Aires.

4.1 El entonces titular de la Dirección Argentina de Meteorología, Alfredo Galmarini, tildó el invento de Baigorri de «parodia» y bromeó: «Aumentando la potencia del aparato podríamos llegar sin mayor esfuerzo mental al diluvio universal». La réplica de Baigorri: «Como respuesta a las censuras a mi procedimiento, regalo una lluvia a Buenos Aires para el 3 de enero de 1939».

4.2 El 30 de diciembre de 1938, Baigorri activó su máquina. El 31, una muchedumbre se congregó para pedirle que no aguara las fiestas de fin de año. En la madrugada del 3 de enero, empezaron a caer gotas. Un diario tituló en primera plana: «Como lo pronosticó Baigorri, hoy llovió».

5.1 «No se inventa nada que no tenga una raíz más o menos profun- *imag. 44*
da en la realidad» (*El difunto Matías Pascal*, Luigi Pirandello).

5.2 «La obstinada negativa de Baigorri a revelar las bases científico-técnicas de su invento [...], el celo con el que el "llovedor" guardó su secreto, lo condenó al ostracismo. Y cuando alguien volvió a preguntarle acerca del tema, contestó que había destruido los planos» (*Baigorri, el* *imag. 46*
capitán de las lluvias, Sergio Núñez y Ariel Idez).

5.3 El mismo año (1938), mientras Baigorri presentaba su invento, nacía en Gran Bretaña el futuro ingeniero Stephen Salter.

5.4 «Los problemas de sequía del mundo podrían acercarse a su fin si el invento de un ingeniero británico para provocar la lluvia llegara a implantarse a gran escala. El profesor Stephen Salter, de la Universidad de Edimburgo, está convencido de que su «máquina de la lluvia» –una especie de aspersor gigante que transforma el agua del mar en vapor, lo que facilita la evaporación natural y la consiguiente formación de lluvia– *imag. 45*
puede «evitar la sed a miles de millones de personas», según declaró a la revista británica *New Scientist* (Agencia EFE, 22 de mayo de 2002).

MORATORIO DE LOS AMADÍSIMOS HERMANOS

El señor Runciter es uno de los personajes principales de la novela *Ubik* (1969), de Philip K. Dick.

El señor Runciter visita cada tanto el Moratorio de Herbert S. von *imag. 48* Vogelsang, un centro donde los muertos se conservan, antes del entierro, en estado de semivida cerebral, dentro de unas cápsulas de refrigeración.

El señor Runciter tiene allí a su esposa Ella, muerta muy joven, hace muchísimos años, y cuando va al Moratorio puede conversar con ella: los asistentes de Vogelsang preparan el ataúd, humeante en su envoltura de hielo sintético, y Runciter, con micrófono y auricular, se comunica y hasta oye la voz de Ella.

El señor Runciter sabe que los semivivos tienen los días contados (como los vivos, en suma) y que la actividad cerebral de su amada mujer decae, por eso la despierta poco, por eso la visita solamente de vez de cuando, para que perdure su semivida.

El señor Runciter piensa: «Despertar a Ella, ponerla en actividad, es una especie de pecado, es matarla, es condenarla».

El señor Runciter se ha vuelto cuatro veces más viejo que su mujer.

El señor Runciter lamenta que a su mujer le quede poco, muy poco resto de actividad cerebral, pero ha sufrido un problema, un serio contratiempo profesional, y le resulta imperativo hablar con ella, consultarle, tener su opinión.

El señor Runciter ha comenzado a hablar con su mujer cuando surge un inconveniente: la voz de un hombre, un tal Jory, ocupa la voz de Ella, *imag. 50* como una radio que interfiere a otra.

El señor Runciter se queja, pero Vogelsang, impertérrito, explica que el ataúd de Jory está al lado del de su esposa y que la prolongada vecin- *imag. 49* dad causó una ósmosis, una especie de fusión.

El señor Runciter se pregunta si ha perdido para siempre a su mujer, si es el fin de su actividad cerebral, y entre tanto Vogelsang, como un maestro de escuela, amonesta a Jory y le pide que sea bueno, que no vuelva a hacer travesuras.

El señor Runciter se va del Moratorio sin saber si podrá hablar nuevamente con su mujer, si está muerta, si aún le queda semivida, si él será capaz de vivir sin los consejos de ella y, ante todo, si el imperturbable amo del Moratorio cumplirá con su promesa y pondrá a Jory, el semivivo que interfiere, a una buena distancia de su mujer.

El señor Runciter no está celoso de Jory o, digamos, no se plantea algo así, no se atreve o prefiere no pensarlo, pero cavila que a lo mejor se hizo tarde para remediar este asunto de la interferencia.

El señor Runciter ignora qué ocurrirá cuando él muera: ¿harán de él un semivivo?, ¿alguien vendrá a despertarlo cada tanto?, ¿alguien querrá hablar con él?, ¿alguien lo interferirá cuando esté tan débil que sea, más que un semivivo, un semimuerto?

TELEFONOSCOPIO

El siglo veinte (1883), *La guerra en el siglo veinte* (1887) y *La vida eléctrica* (1890) bastaron para que se considere a Albert Robida un escritor visionario, comparable a Jules Verne. O superior, desde luego, para su legión de fanáticos. Más aún, ¿puede decirse que Verne se inspiró directamente en los libros de Robida y otros autores de la época como André Laurie o Louis-Henri Boussenard? Un relato de Jules Verne, *La jornada de un periodista americano en el 2889*, presenta no pocas semejanzas con las ficciones de Robida, quien además de escritor era ilustrador de sus propias historias.

Los libros de Robida desbordan de humor e imaginación. En *El siglo veinte*, la gente viaja en areronaves-ómnibus que vuelan «a la altura reglamentaria de doscientos cincuenta metros». Hay casas de doce pisos al borde del Sena. El antiguo bosque de Boulogne se ha cubierto de fábricas y ciudades obreras. La última locomotora dejó de funcionar en 1915 y está expuesta en el Museo de Cluny «con todas las reliquias de la Edad Media». Los viejos clásicos de la literatura se leen abreviados en las escuelas («literatura concentrada», escribe Robida) y los resúmenes dicen: «HOMERO, autor griego. GÉNERO: prosa épica. SEÑALES PARTICULARES: ciego». Las mujeres se vuelcan en la política y en el periodismo; hasta se ven duelos de espada femeninos. Los Estados Unidos envían «legiones de predicadores» con el fin de «catequizar Inglaterra y convertirla al mormonismo». Como Italia ha sido vendida para hacer allí un enorme Parque Europeo, en Uruguay se funda la República Italiana de Nueva Roma, que muy pronto entra en conflicto con el Imperio argentino.

Más sombrío, *La guerra en el siglo veinte* anticipa aspectos de la Primera Guerra Mundial: no solo los escuadrones aéreos sino también las armas químicas, ya que los militares lanzan «bombas asfixiantes» y «bombas con microbios».

De las incontables invenciones de Robida, la que más entusiasmo despierta en la actual era de Internet es un artefacto llamado *telefonoscopio*. Se lo podría describir como una mezcla de fonógrafo, teléfono y micrófono con pantalla. Transmite noticias por todo el mundo. Permite estudiar a distancia. Y posibilita que los enamorados se conecten y se miren a los ojos, a pesar de la distancia. *imag. 49*

Casi a la vez que Robida, otro escritor-ilustrador (George du Maurier, autor de *Trilby* y padre de Daphne) jugó en la revista *Punch* con la hipótesis de un invento llamativamente parecido: un *videófono* cuya paternidad atribuyó al prolífico Thomas Alva Edison, el mismo que llegó a registrar mil noventa y tres patentes de inventos. La diferencia es que Robida no plantea inventos aislados, sino «perfectamente integrados», según sostiene Pierre Versins en su *Encyclopédie de l'utopie, des voyages extraordinaires et de la science fiction*. En otras palabras, toda una civilización futura. *imag. 47*

COCHE-ÓRGANO

Emil Popescu se obsesiona tanto con mejorar la bocina de su coche (que, por cierto, no saca nunca o casi nunca de su garaje) que el cada vez más complejo sistema de claxones se vuelve más importante que cualquier imag. 51 otro aspecto mecánico y el vehículo acaba utilizado como instrumento musical. Sin darse cuenta, Popescu ha inventado el coche-órgano: un instrumento en el que no tiene rivales porque, claro está, no los hay.

Todo esto ocurre en «El arquitecto», de Mircea Cărtărescu, quien suele recordar (en las entrevistas que otorga) que «cada autor escribe los libros que no ha encontrado en ninguna parte para poder leerlos» y que «todo proceso de escritura es un proceso doble, de escritura y lectura». Años después de «El arquitecto», otro rumano (Răzvan Rădulescu) concibió un cuento-homenaje en el que un hombre transforma de manera no tan paulatina un viejo órgano de iglesia en un automóvil. La reescritura de Rădulescu hace pensar en aquella «reversión» que hace un siglo, en las páginas del *Prager Tagblatt,* hizo un joven poeta llamado Karl Müller, que firmaba como Karl Brand: «La remetamorfosis de Gregorio Samsa». Es decir, la historia de un insecto que despierta convertido en ser humano.

En ambos casos (Kafka y Cărtărescu) puede detectarse lo mismo: la idea madre es tan singular que ni Rădulescu ni Brand la «normalizan» poniéndola al revés. Los resultados finales son cuatro monstruos. Cuatro cosas ajenas a los patrones acostumbrados.

imag. 38

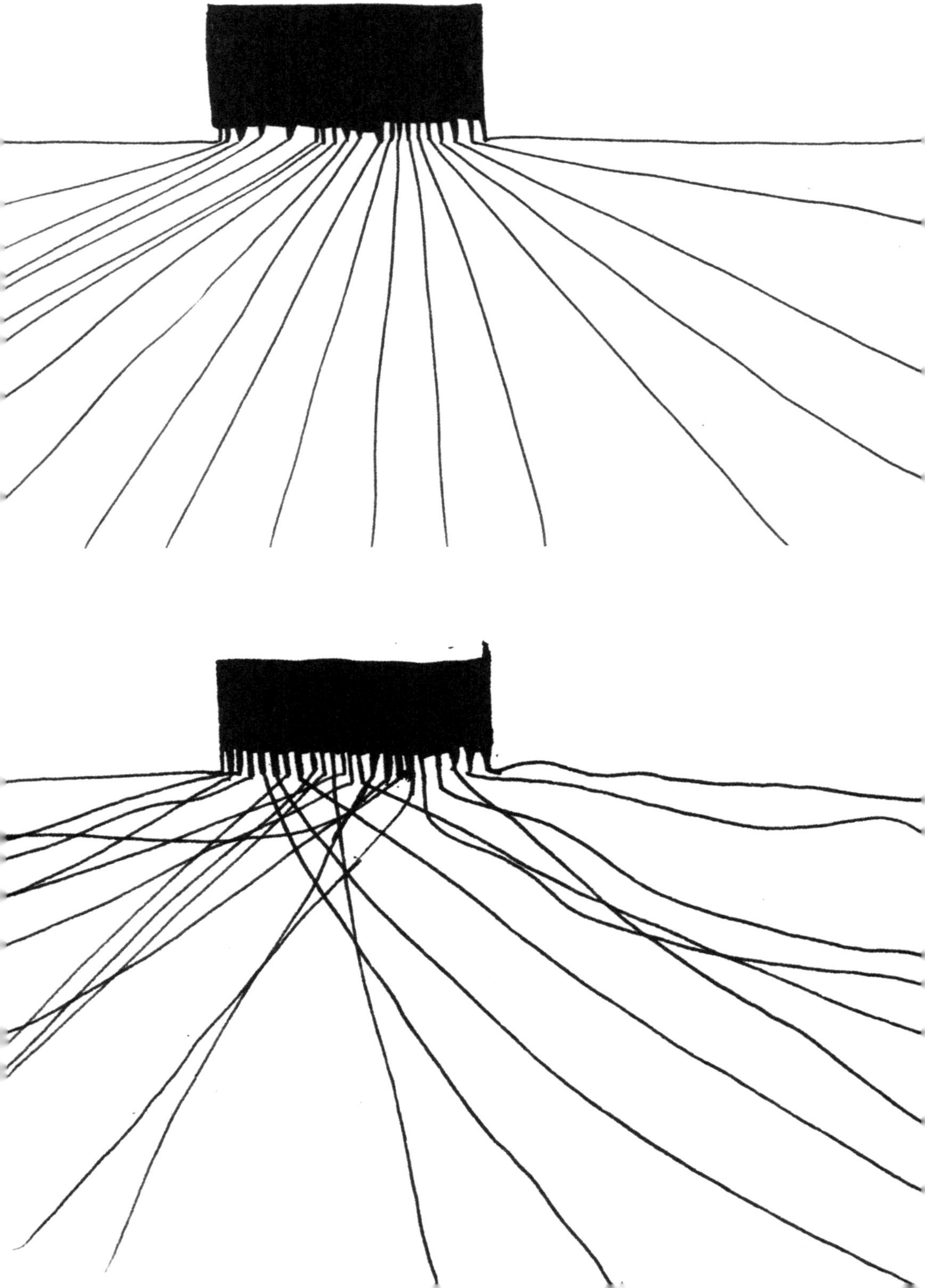

imag. 39

imag. 40

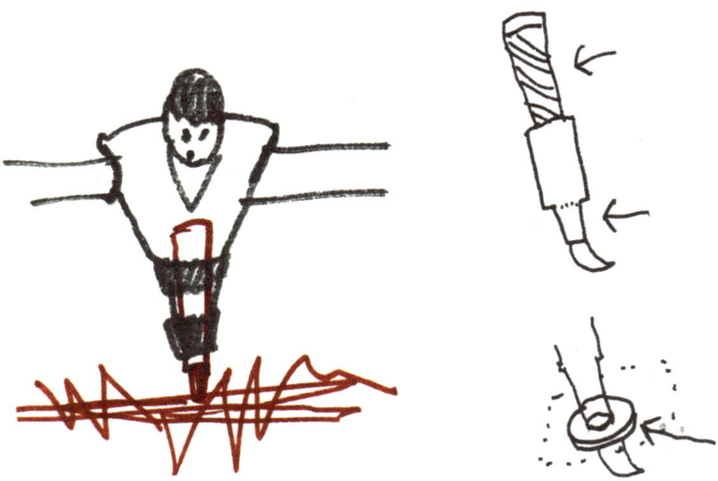

imag. 41

imag. 42

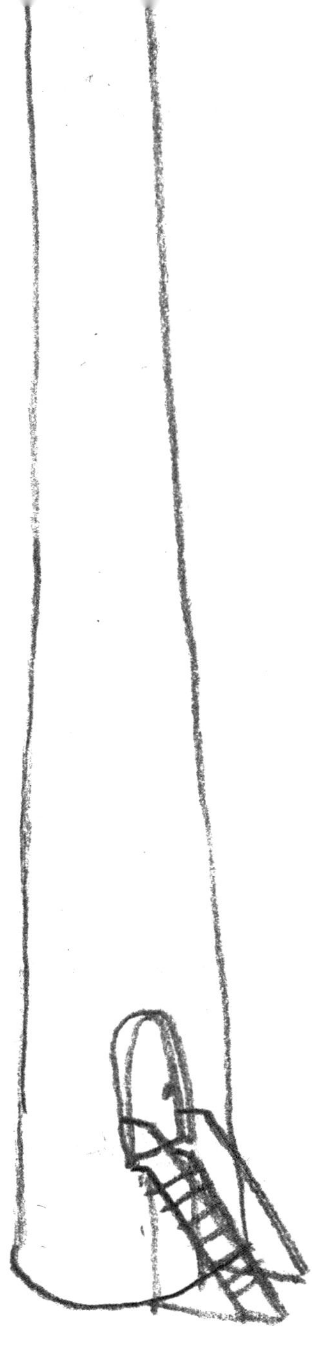

imag. 43

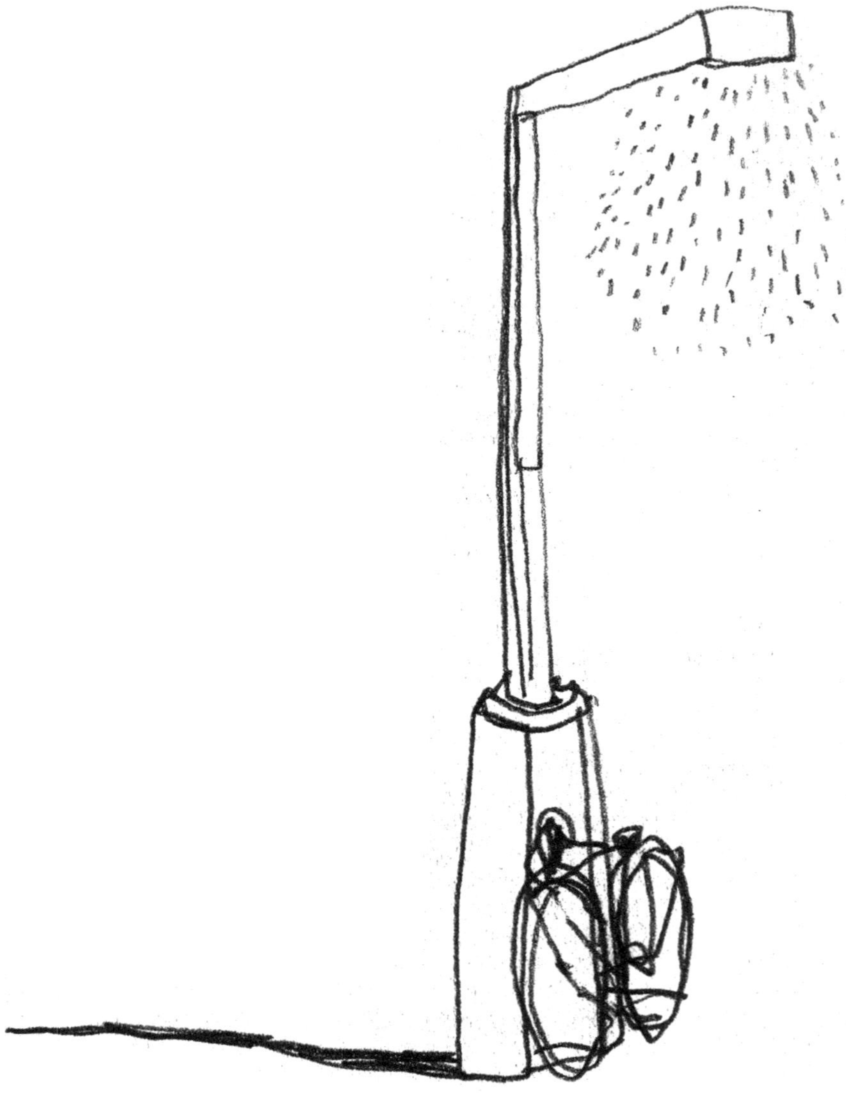

imag. 44

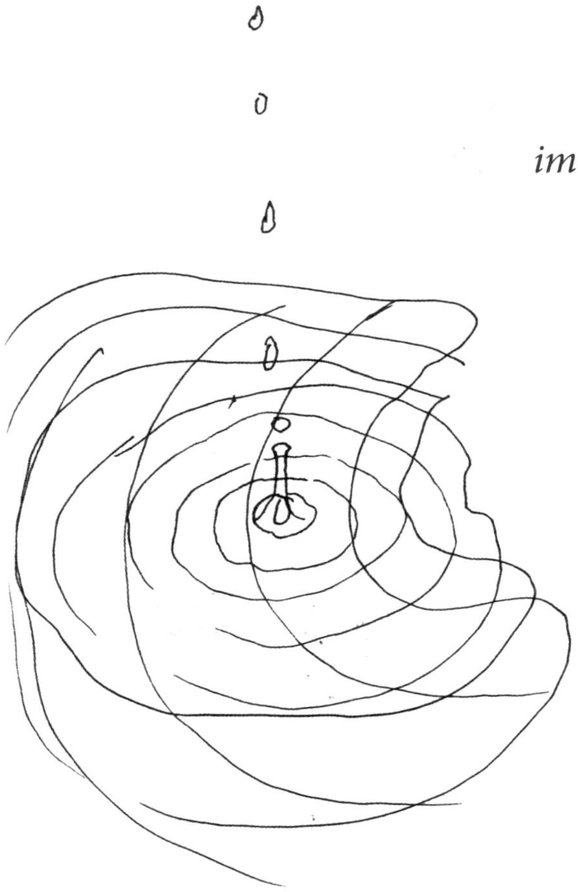

imag. 45

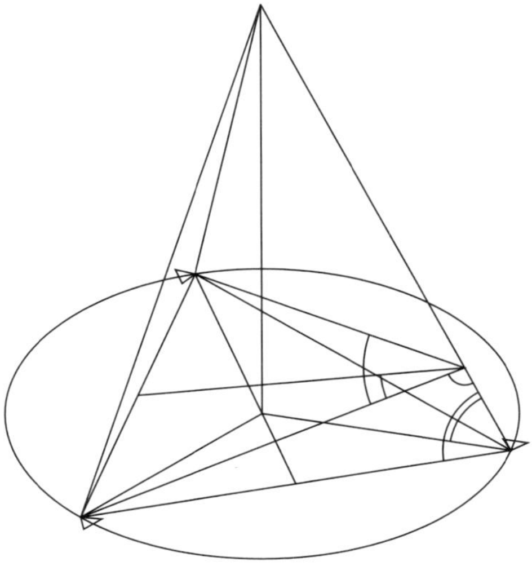

imag. 46

imag. 47

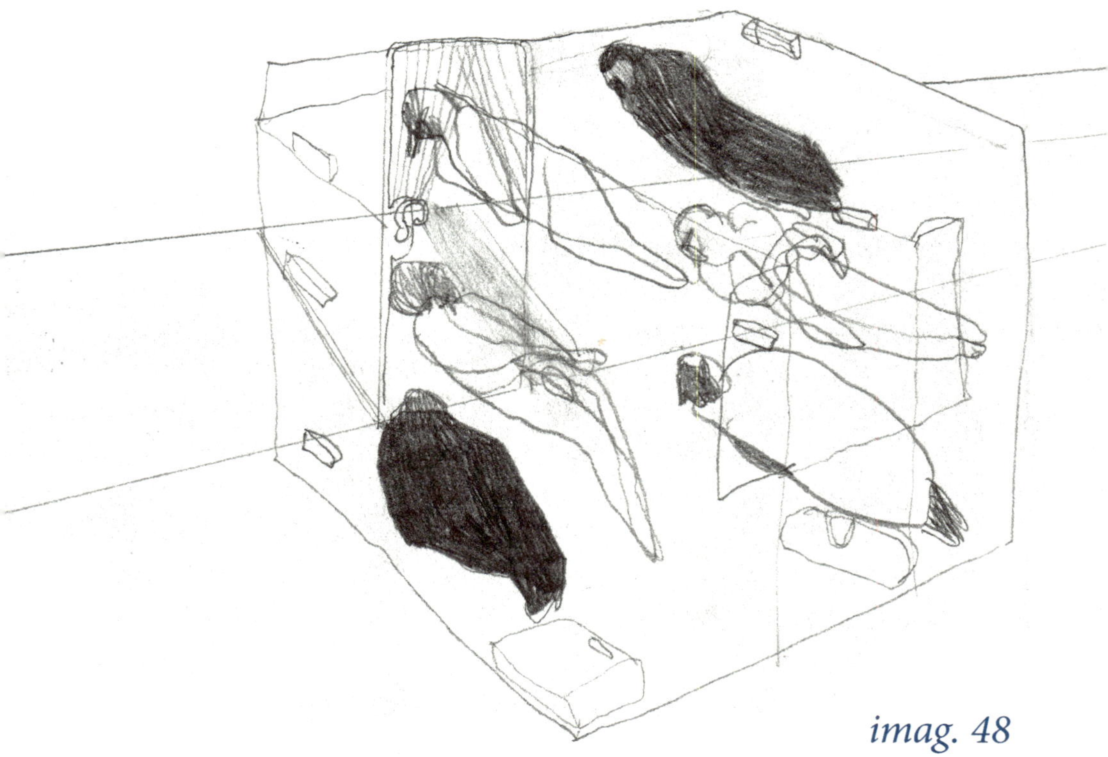

imag. 48

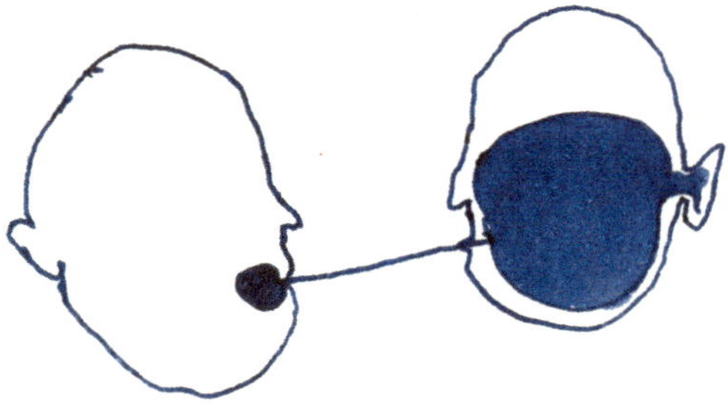

imag. 49

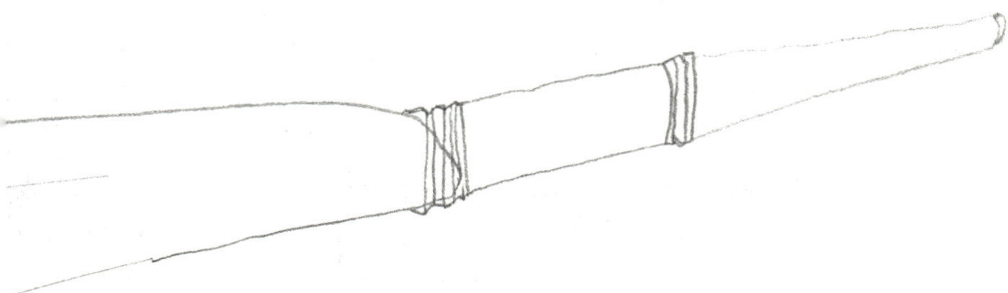

imag. 50

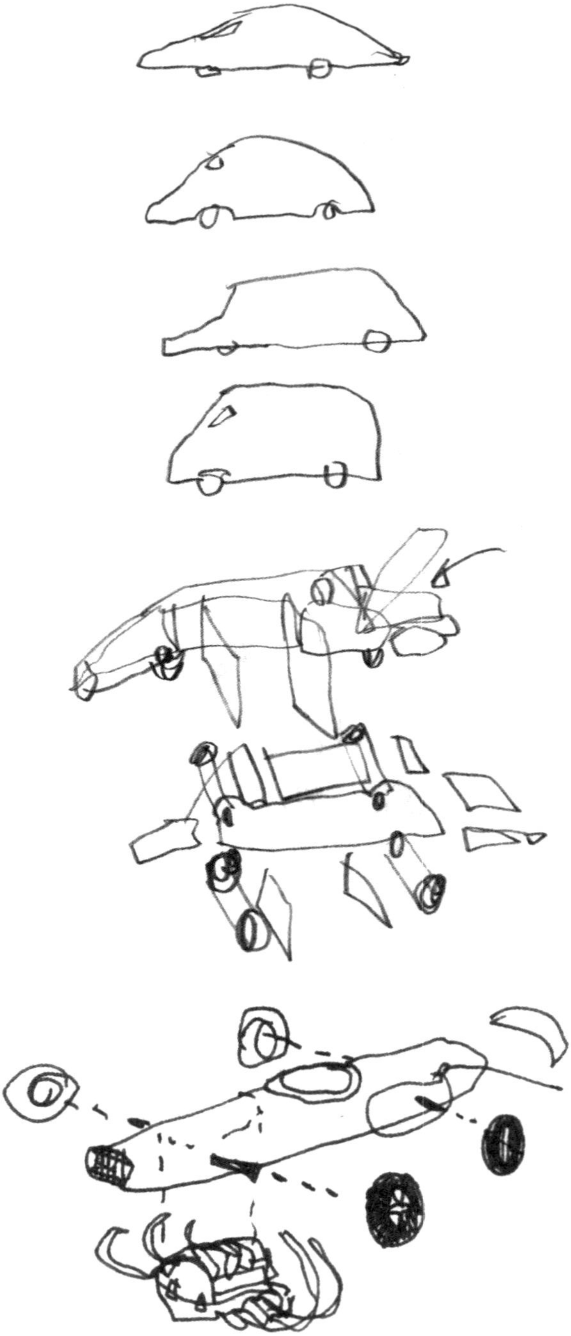

imag. 51

Inventor, s. Persona que construye un ingenioso ordenamiento de ruedas, palancas y resortes, y cree que eso es civilización.

Ambrose Bierce, *El diccionario del diablo*

OÍDOGRAMA / OPTOGRAMA

Entomólogo, médico, botánico, autor de un estudio sobre *Arácnidos argentinos* (1874), descendiente de un antiguo barón y amigo del famoso poeta Rubén Darío, que lo menciona en un verso, Eduardo Ladislao Holmberg escribió también, en sus ratos libres, una veintena de relatos que bastaron para hacer de él un destacado pionero en castellano de la literatura fantástica con fondo científico: un pariente ignoto y voluntarioso de Verne, Maupassant, Poe y Wells.

En un cuento de 1884, «Filigranas de cera», un tal doctor Tímpano descubre que en el cerumen (o sea, en la cera amarillenta secretada en el *imag. 52* conducto auditivo humano) se forma una especie de «condensación de sonidos». Es decir, que cuanto el oído captó en el curso de los años se va aglutinando allí. A esto se añade que Tímpano (el doctor, sí) descubre la forma de «emitir», resucitar y propagar esas vibraciones sonoras.

La idea hace pensar, de inmediato, en el fisiólogo alemán Wilhelm Kühne (1837-1900), precursor de una técnica llamada «optografía», que consiste en fotografiar los ojos de seres humanos o de animales muertos con el objeto de extraer de sus retinas la última imagen vista antes de expirar. Según se cuenta, Kühne tropezó con esta técnica por accidente. Corría 1881 y estaba examinando una rana recién muerta cuando en la retina del animal detectó algo curioso: un fiel retrato del mechero Bunsen en su propio laboratorio. En los minutos previos a su muerte, la rana había observado fijamente ese mechero; ahora Kühne contemplaba aquella imagen como si fuera una foto para la posteridad. Por supuesto, el profesor quiso seguir investigando. Recurrió a conejos, a más ranas, y llegó a la conclusión de que ciertas imágenes brillantes y de alto contraste permanecían impresas en la retina veinte minutos o hasta media hora después de la muerte.

En diversos ensayos se ha indicado que Kühne nunca pensó en una aplicación criminológica de sus investigaciones. No obstante, el profesor pasó a la historia por obtener en 1880 el único optograma humano públicamente conocido, y el episodio se vinculó a un hecho criminal: en un pequeño pueblo, el joven Erhard Gustav Reif fue ejecutado tras acusársele de asesinato; apenas cayó la guillotina, Kühne extrajo su retina, la analizó y dibujó un optograma.

Como es lógico, la optografía fascinó y sigue fascinando a la prensa escandalosa y a escritores y artistas en general. Dan cuenta de esta técnica una novela ignota de Jules Claretie *(L'Oeil du mort)*, un viejo cuento de Rudyard Kipling («Al final del callejón») y hasta la obra mucho más reciente del artista Derek Ogbourne, quien ha afirmado: «Lo que más me atrae de la optografía es que el optograma se sitúa en la delgada frontera entre la existencia y la no existencia. Qué cerca de la verdad *imag. 54*
estuvo Roland Barthes cuando en algún ensayo trazó un paralelo entre la fotografía y la muerte».

AGUA EN POLVO

A veces no alcanza con una buena idea ni con las buenas intenciones, como ilustra la historia de Évariste Malliol, presentada por Jean-Paul Plantive en su *Petit almanach des grands inventeurs improbables et méconnus*, junto a otros destinos como el de Georges Castagnet y su cascanueces a pedal, el de Emily Richardson y su *safe-kiss* (especie de preservativo para besos) o el de Benoît Folange y su máquina para levantar el ánimo.

Becado por UNICEF en 1947, Évariste Malliol tardó casi siete años en hacer realidad su sueño de deshidratar el agua. El proyecto consistía en enviar pequeños sobres con veinte gramos de agua en polvo a los rincones del mundo más afectados por la sequía. Sin embargo, quizá «cegado por su pasión filantrópica», conjetura Plantive, pasó por alto un detalle
imag. 53
fundamental: para obtener dos litros de agua a partir de su polvo hacía falta añadir exactamente dos litros de agua.

Desde luego, Maillol buscó toda su vida (con sed de éxito o gloria, tienta decir) la manera de resolver semejante paradoja. Murió de cansancio y desesperanza, cuenta Plantive, en enero de 1976.

MURCIÉLAGO-BOMBA

Margaret Atwood lo sabe porque en una vida pasada no fue Juana de Arco ni Cleopatra ni Marilyn Monroe, sino un simple murciélago. ¿Simple? Tal vez convenga otro adjetivo. En la Segunda Guerra Mundial, cuenta ella, se planeó usar a miles de murciélagos como arma letal contra los nazis. A cada animal se le anexaría un artefacto mortal, una bomba de tiempo entre las alas. Habituados a la penumbra, los murciélagos se alojarían bajo los tejados de las casas de Alemania, en las ranuras y brechas de las paredes de las casas de Alemania, en los sótanos o en altillos oscuros de las casas de Alemania, y explotarían a la vez, a una hora señalada. Al final, como se sabe, no hubo murciélagos héroes porque *imag. 55* se recurrió a otra clase de artefactos destructores. «Si se hubiese echado mano de los murciélagos, ¿se les habría rendido homenaje después con un digno monumento?», se pregunta Atwood. Probablemente no, piensa. «Si le preguntan a un ser humano qué le provoca más miedo, un murciélago o una bomba, dirá: el murciélago. Es difícil sentir asco por una cosa puramente metálica, por amenazadora que sea. Reservamos *imag. 56* este sentimiento para quienes tienen piel, carne y huesos: piel, carne y *imag. 57* huesos diferentes a los nuestros.»

PROYECTOR DE RECUERDOS / PROYECTOR DE SOMBRAS

No me vengan a contar que el hombre que inventó el proyector de re-
cuerdos es el mismo que ahora patentó el proyector de sombras. El di-
seño es muy parecido, de acuerdo, así como la idea de «proyección»,
pero uno y otro artefacto parecen incompatibles en una misma cabeza.
imag. 58 El proyector de sombras es un artilugio práctico. ¿Llega el verano y hay
imag. 59 pocos árboles en los parques? Las sombras artificiales son la solución.
El proyector de recuerdos nació, se sabe, como una especie de broma o
de utopía. En el periódico *Le Monde*, Xavier Gorce y Hervé Le Tellier
publicaron una serie de invenciones destinadas al fracaso, desde el lí-
quido BigMuse («para absorber inspiración, ideal para artistas y crea-
tivos faltos de ideas») hasta, por supuesto, el proyector de recuerdos.
Ni lento ni perezoso, un ingeniero se propuso fabricarlo, pero pronto
cayó en la cuenta de que, aun cuando el sistema de proyección era efi-
caz, los recuerdos (proyectados como una película) estaban en cierto
imag. 60 modo adulterados por el tiempo y nunca se veían de igual forma. Es
bien sabido que vamos reescribiendo, modificando el pasado conforme
lo rememoramos, tanto es así que en vez de recordar un hecho primige-
nio no hacemos más que evocar y volver a transformar la última versión
que le dimos. No sorprende que, en el caso de este invento, proyectar
imag. 63 equivaliese a evocar, pero no a cristalizar. Muchos dueños de la máquina
intentaron registrar determinada versión de un recuerdo para fijarlo en
una escena inamovible, pero ningún aparato (cámara de vídeo o fotos,
filmadora, lo que sea) logró captar las imágenes emitidas, únicamente
visibles para los ojos humanos. Después de su auge fugaz, el proyector
se volvió una cosa obsoleta, inhallable en los comercios. Hoy no quedan
más que unas cien viejas máquinas, las que pueden comprarse usadas,
imag. 62 contra los consejos de los fabricantes, pues no es raro dar en ellas con
turbulentos recuerdos ajenos.

POCIÓN DE LA INVISIBILIDAD

El típico hombre invisible viene acompañado de los siguientes accesorios: un sombrero o una gorra o nada de eso, un pantalón, dos zapatos o zapatillas usualmente iguales en tamaño y color y estilo, una camisa o una camiseta o la primera encima de la segunda, una billetera con dinero variable o incluso sin dinero, un par de anteojos, un paquete de cigarrillos rubios con filtro, un encendedor que no siempre funciona, un teléfono móvil, un reloj de pulsera, un calzoncillo modelo *boxer* o *slip*, unas medias de tamaño y color preferentemente iguales, un cinturón de cuero o por qué no tiradores, un maletín o una mochila, un paraguas o un bastón o nada de eso.

Si se le quitan todos estos accesorios y no resulta invisible, es que la poción no funciona.

AMETRALLADORA DE CACHETADAS

Están los artistas que inventan *ex nihilo* y los artistas que inventan a partir de objetos ya producidos. El gran ejemplo de estos últimos, Marcel Duchamp, «estableció una equivalencia entre elegir y fabricar, consumir y producir», apunta Nicolas Bourriaud en un ensayo. Para Duchamp, que soñaba con fabricar una tabla de planchar usando un cuadro de Rembrandt u otro pintor semejante, un urinal era una fuente. Todo pasa por darle una «nueva idea» a un viejo objeto.

En la brevísima novela *Confusión*, de Pierre Flavin, un personaje (el profesor Selavy, claro tributo a Duchamp) hace esto continuamente por una mezcla de despiste y desborde imaginativo: tropieza con un sifón e inventa o cree equivocado (e inventa, al fin) que se trata de una máquina para hacerle cosquillas al agua. De una vieja peluca de su madre hace, *imag. 9* por error, un trapo para limpiar el suelo. Al ver un molinillo de café cree primero que es un reloj, pero a la postre se dice que es una mera caja de música. Un gran cinturón de cuero que le regalan le provoca escalofríos, convencido por un rato de que se trata de una horca.

El clímax llega cuando Selavy encuentra por azar, en un mercado de pulgas de la ciudad de Toulouse, donde reside, un par de castañuelas españolas. El vendedor le hace una demostración un poco ampulosa y él concluye que se trata de la ametralladora de cachetadas de la que habla cierto poema de Henri Michaux. Es en vano que el vendedor quiera explicarle que no. Para Selavy y Flavin se trata de eso. No hay vueltas porque, para colmo, Michaux nunca describe materialmente el objeto. Se trata, como es lógico, de una metáfora. De una metáfora que el profesor Selavy se toma un poco literalmente.

MÁQUINA DE REZAR

Sam no termina de creer lo que ha visto horas atrás. «Un aparato que, si no me equivoco, podría describirse como una máquina automática de rezos. ¿Son muy comunes?» Su interlocutor, un tal Jan, le dice que aparecieron hace dos años, aproximadamente, y que «son más eficaces que los recaudadores de impuestos».

Se las conoce como *pray-o-mat*, escribe Roger Zelazny en su novela *El señor de la luz* (1967), y se trata de unas máquinas metálicas, brillantes, con una enorme palanca con forma de «cola de pez». Basta insertar una *imag. 61* moneda en la boca de un tigre de acero. La máquina ronronea, suelta un destello de luces (que desemboca, claro está, en una «luz azul santa») y, tras una música suave, aparece una «rueda de oraciones» que gira a ritmo furioso.

Cada pecado exige que se introduzca otra moneda. Cuando el penitente tiene demasiado para expiar, los que aguardan en la cola no contienen sus rezongos.

Sam se pregunta qué ocurriría si un ateo se apoderase de una de estas máquinas. Si la desmontara, si la adulterara. «Imposible», le responden. «Poseen unas combinaciones muy difíciles de abrir.» Apenas alguien que no es sacerdote abriese una de estas máquinas de orar, se activaría una alarma y la *pray-o-mat* explotaría llevándose con ella al malhechor… O, mejor dicho, yéndose ella al paraíso de las máquinas y el malhechor al infierno de los ateos.

REFOLIANTE ACELERADO

Un muchacho de quince años (del que jamás conocemos el nombre) está a punto de entrar en «una especie de feria de invenciones revolucionarias» cuando se topa con un tal Benítez, «un inventor que llegaba tarde a aquella exhibición donde había reservado un puesto de los más baratos, lejos, bien lejos, de la puerta de acceso», escribe Manuel Nieves Castro en su cuento «La botellita». Con la respiración entrecortada, Benítez le pide ayuda. «Cargaba unos bolsos muy pesados. Y a cambio del dudoso premio de hacerme entrar gratis (porque tenía una acreditación para obsequiarme, una que colgaba en su ropa), a cambio de eso debía echarle una mano con los bolsos.» El chico acepta y Benítez, insaciable, suplica que también lo ayude a armar el puesto. «El primer bolso estaba repleto de unas botellitas minúsculas, del tamaño de un dedo, todas con un líquido color ámbar. Miré a Benítez, necesitado de órdenes, a la espera también de algo que fuese a completar o complementar esas botellitas. Pero no. En los bolsos restantes, sin excepción, había lo mismo.»

Sobre la mesa, frente a las botellitas que el muchacho dispone en forma triangular, «como suelen plantarse los palos de *bowling*», Benítez posa un gran cartel pintado a mano. «Las letras eran ampulosas, de factura complicada. Lo contrario a lo que recomiendan los publicitarios. Decían: REFOLIANTE ACELERADO».

Pronto entendemos que el «*refoliante* acelerado» permite recuperar en cuestión de días un bosque incendiado o talado. Si un árbol tarda años en crecer, en madurar, el *refoliante* de Benítez acelera este proceso, reduciéndolo a pocos meses. *imag. 64*

«No había que temer ningún riesgo colateral», escribe Nieves Castro. «Benítez había consagrado diez años a la puesta a punto de la primera fórmula de su *refoliante* y había invertido unos veinte más, el doble, hasta depurar su invento de todo efecto secundario, excepción hecha de una extraña utilización accesoria: el *refoliante* servía para impedir, de paso, la caída del cabello. Garantizada la salvación del planeta, este beneficio indirecto del *refoliante* tuvo la virtud de arrancar un largo suspiro a la muchedumbre que nos rodeaba, y no solamente a los hombres.»

REDUCTOR / DUPLICADOR DE OBJETOS

Gracias al revolucionario compactador de objetos, un hogar completo puede caber en un bolsillo. Las cosas se reducen hasta el 1% y se des-
imag. 67 compactan luego, fácilmente, con una muy rara y muy leve pérdida de calidad, salvo en el caso de ciertos objetos muy frágiles. Todo esto sucede en *Last Days Before the Good Days* (1973), película de animación de «fantaciencia» cuyo director, Morton Snyder, filmó con el asesoramiento de tres autores de ciencia-ficción: Kenneth Falconer, Walter C. Davies y Simon Eisner.

En la película de Snyder, una aventura intergaláctica, el Moving-Compact ® se utiliza para los fines previstos. Pero un refrán asegura que el inventor del barco también inventó el naufragio. Y dos de las consecuencias forzosas del compactador son el robo y el contrabando de objetos. No tan curiosamente, una novela del propio Walter C. Davies (*Galaxia Cero*, 1975) presenta a un grupo terrorista-espacial que inventa la máquina compactadora de objetos y que, en un momento dado, rapta y comprime con ella a la mujer de un dirigente importante y pide dinero a cambio de descomprimirla. Es la primera vez que se emplea esa tecnología con un ser humano. Comprimida o descomprimida (si es que pagan el dinero que se ha pedido por ella), ¿sobrevivirá a la máquina la mujer? ¿O será, como algunos dicen, rehén de la ciencia?

Gracias al revolucionario duplicador de objetos, un hogar completo puede convertirse en dos hogares. Las cosas se duplican con un 100% imag. 66 de eficiencia, fácilmente, sin ninguna pérdida de calidad, ni siquiera en el caso de ciertos objetos muy frágiles. Todo esto sucede en un relato de *Historias naturales* (1966), libro que sobrepasa la «fantaciencia» y cuyo autor, el célebre Primo Levi, firmó duplicándose a sí mismo bajo el seudónimo de Damiano Malabaila.

En el relato de Levi, llamado «Algunas aplicaciones del Mimete», el invento, una especie de fotocopiadora tridimensional, se utiliza para los fines previstos y ofrece clones perfectos de una araña, de un diamante o, imag. 68 por qué no, de un huevo duro o de un billete con muchos ceros. Pero un refrán asegura que el inventor del barco también inventó el naufragio. Y una de las consecuencias forzosas del duplicador es que un tal Gilberto, protagonista de la historia y usuario de la máquina, decide, en un momento dado, duplicar a su mujer, Emma. Es la primera vez, parece, que se emplea esta tecnología con un ser humano. La duplicación es perfecta, pero con el correr de los días Gilberto advierte que las dos mujeres se diferencian y pronto prefiere a Emma II, mucho más atrayente que Emma I... ¿Qué hace Gilberto con su mujer, que ya empieza a sospechar? ¿Se duplica a sí mismo, inventa a Gilberto II y hace que su doble imag. 65 se encargue de la menos interesante Emma I?

LLANTAS CON TROZOS DE ACERO

Además de inventar inventos, los escritores inventan inventores: el Balthazar Claës, de Balzac, o el Víctor Frankenstein, de Mary Shelley, cuyo apellido hemos al fin atribuido a su criatura. ¿Cómo se titula la novela donde Pío Baroja da vida a cierto Fermín Ibarra, cuya ambición va del sueño casi infantil de hacer un tranvía de juguete hasta el proyecto, mucho más ambicioso, de fabricar una «llanta con trozos de acero para los neumáticos de los automóviles»? ¿Cómo se llama esa novela en la que Andrés Hurtado, personaje principal, sospecha que su amigo desvaría? ¿Cómo se llama esa novela donde Pío Baroja acaba escribiendo que Hurtado «tiempo después, al ver automóviles con llantas de trozos de acero como las que había ideado Fermín, pensó que este debía tener verdadera inteligencia de inventor»?

a) El árbol de la ciencia

b) La ciencia de los árboles

c) Camino de perfección

imag. 71 Se sorteará, entre quienes respondan bien, un balón de fútbol con trozos de acero (más unos botines de fútbol con trozos de acero, para no morir en el intento de patear el balón).

GENERADOR DE PROBABILIDAD INFINITA

En aquel lejano planeta sabían cómo generar cantidades razonables de improbabilidad finita, la cual se empleaba (así indica Douglas Adams en su *Guía del viajero intergaláctico*) «para romper el hielo en las fiestas, haciendo que todas las moléculas de la ropa interior de la anfitriona dieran un salto de treinta centímetros hacia la izquierda, de acuerdo con la Teoría de la Indeterminación». Todo cambió cuando un joven estudiante, encargado de barrer en un laboratorio, dio con la fórmula capaz de crear un Generador de Improbabilidad Infinita con el que logró cosas menos divertidas, pero casi igual de valiosas: entre ellas, proyectar una astronave a distancias normalmente imposibles de recorrer. El inventor, se cuenta, acabó linchado por una turba de físicos rabiosos y celosos. Hubo incluso una campaña que lo acusaba de robar el trabajo de un auténtico científico, pero no despertó ecos. La infinita improbabilidad ya era moneda corriente y a nadie le sorprendió que un encargado de barrer fuese capaz de un hallazgo tan colosal. *imag. 72*

RAYUEL-O-MATIC

Agreguemos, a las máquinas para escribir novelas, las máquinas para leerlas. A mediados del siglo XX, un argentino llamado Juan Esteban Fassio, uno de los creadores del Instituto de Altos Estudios Patafísicos de Buenos Aires o IAEPBA (la primera filial patafísica fuera de Francia, dicho sea de paso) y autor de las primeras traducciones al castellano de la obra de Alfred Jarry, ideó una máquina para leer las *Impresiones de África*, de Raymond Roussel, cuyos planos pueden verse en la revista *Bizarre*. A ella le siguió el Rayuel-O-Matic: artefacto para leer *Rayuela*, de Julio Cortázar, que como se sabe ofrece diferentes pistas o senderos de lectura. El propio Cortázar relata en «De otra máquina célibe», texto incluido en el libro *La vuelta al día en ochenta mundos*, cómo se enteró de la existencia del Rayuel-o-Matic en casa del mismísimo Fassio, a quien conoció gracias a su editor Paco Porrúa. «Fassio, que hablaba poco, servía en cambio unos sándwiches de tamaño sobrenatural y mucho vino tinto, y acabó sacando una Kodak del tiempo de los pterodáctilos con la que nos fotografió a todos debajo de un paraguas y en otras actitudes dignas de las circunstancias».

Aunque Cortázar admite no entender del todo «algunos detalles del delicado mecanismo», reproduce diversos gráficos y diseños que hacen pensar en un moderno equipo estereofónico de fines de los años 1960 y hasta incluyen una cama, dado que, escribe Cortázar, «Fassio comprendió desde un comienzo que *Rayuela* es un libro para leer en la cama a fin de no dormirse en otras posiciones de luctuosas consecuencias». Un complejo sistema de gavetas va entregando al lector cada capítulo si es que se opta por una lectura no consecutiva. «Atento a las previsibles exigencias estéticas de los consumidores de nuestras obras, Fassio ha previsto modelos especiales de la máquina en estilo Luis XV y Luis XVI», indica Cortázar en su texto, que debe leerse (por ahora) sin la ayuda de ninguna máquina.

DYLAR

Medicamento nacido de la saludable fantasía de Don DeLillo. Tiene la capacidad de aislar, por qué no incluso de anular, la parte del cerebro humano donde se localiza el miedo a la muerte. Pensada para aliviar, la droga podría ser un arma peligrosa al abolir el superyó o la conciencia de peligro. En el mundo de la novela *Ruido de fondo*, donde el Dylar es realidad, la empresa Grey Research no se atreve a comercializar esta droga de nombre tan sugerente. (Imposible no pensar en el escritor Lionel Marek cuando dice que muchos medicamentos tienen nombres que parecen los de la mítica heroína de un poema, acaso porque «la mujer es el remedio más potente para la angustia y el terror a la muerte».)

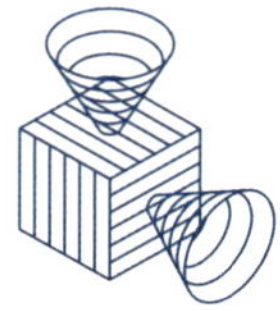

MÁQUINA TRADUCTORA PERRO-HUMANO

imag. 69 El perro ladra al micrófono y el parlante traduce enseguida a lenguaje humano. Parece haber unos botones. Uno acaso permite escoger a qué idioma se traduce: inglés, francés, alemán, español. No parece haber, en cambio, botonera para elegir la raza de los ladridos: foxterrier, boxer, bulldog, dálmata, labrador, cocker… ¿Los perros hablan, entonces, un solo idioma? En la película *El perro melómano* (1973), de Paul Grimault, Jacques Prévert y su coguionista –el mismo Grimault– nos muestran el artefacto en acción. El perro exige un violín. El amo se lo da. El perro ladra «guau guau guau» y la máquina traduce: «Soy un pobre perro, pero acaso sea un gran músico». Parece increíble que algo así no se hubiese inventado antes. Lo que Grimault y Prévert no muestran es qué ocurri-
imag. 70 ría si un gato utilizase este invento.

INSTANTFILM

«Querida ama de casa: mezcla de TV y exprimidora, nuestro Instantfilm es una caja de sorpresas. Introduzca la novela en la ranura superior luego de comprobar que no haya páginas faltantes ni papeles adicionales. Hágalo tomando la precaución de sostener el libro por el lomo. Tras una leve aspiración, la novela estará dentro del gabinete adaptador. Una perilla le permitirá elegir entre diversas opciones: corto, medio o largometraje; blanco y negro o color; idioma de los actores; música de fondo. En el caso de que su modelo sea el Instantfilm 3 Deluxe podrá seleccionar incluso el elenco de intérpretes de una lista con algunos de los actores más geniales la historia. ¿Ha imaginado alguna vez a Orson Welles haciendo de Heathcliff? ¿A Humphrey Bogart como Goriot? ¿A Greta Garbo como Agnes Grey? ¿Quién dijo que el libro es mejor que la película?»

...... Fragmento de *Les Inventions de Sorel*, de Jérôme Counord, con ilustraciones de Jacques Carelman, éditions Boîtes à allumettes, Genève, 2008.

CUCHILLO DE LICHTENBERG

Filósofo alemán (valga la redundancia), maestro de lo minúsculo, creador de aforismos geniales («Ya no se queman brujas, pero siempre es posible quemar una carta que dice alguna verdad incómoda»), Georg Christoph Lichtenberg fue además un inventor ocasional que soñó con un «balneario de aire» y un «cadalso con pararrayos». A la postre, sin embargo, no supo inventar nada mejor que un objeto genial y minúsculo como sus aforismos. Tan minúsculo que, paradójicamente invisible, lo describió como «un cuchillo sin filo al que le falta el mango».

PARAGUAS PARA ENAMORARSE

¿Qué oportuno invento de Doraemon puede hacer que su querido Nobita enamore a Shizuka? El paraguas del amor. ¿Cómo funciona? Basta con que Nobita logre que Shizuka pase diez minutos a su lado, debajo del mismo paraguas. ¿Nada más? No, debe explicarle Doraemon, no es tan simple: Shizuka tiene que ubicarse a la derecha de Nobita, de lo contrario será él quien se enamore de ella, algo que ya es realidad pues Nobita está locamente enamorado. ¿Qué es lo peor que puede ocurrir? Que no llueva. Que Nobita se presente con un paraguas bonito y como salido de un sueño, pero muy innecesario. Que tampoco brille el sol. Que el paraguas, en consecuencia, ni siquiera sirva para guarecerse del calor. ¿Eso es realmente lo peor que puede ocurrir? ¿Y si un amigo de la escuela, un chico indiscreto y gordito, se instalase bajo el paraguas, a la exactísima derecha de Nobita, y no hubiera modo de desalojarlo? Eso mismo es lo que sucede. Y así pasan cinco minutos. Seis minutos. Siete, ocho, nueve…

FICCIOTECA

Entre las proverbiales aficiones de los escritores destaca, como se sabe, la de inventar libros que no fueron escritos jamás, que tal vez no se escriban jamás, pero que ellos glosan, comentan, elogian o incluso descalifican como si realmente existiesen. Autor de *Mille et un livres imaginaires,* grueso volumen que parece mentira, pero es real, dedicado a esos muchos libros que parecen reales, pero son mentira, Jacques Geoffroy también administra desde hace años un sitio web al que llama *Ficcioteca (Fictiothèque)*, el cual consiste en un edificio imaginario con sala de lectura, guardarropas, cafetería, *toilettes* y, por supuesto, los preciados imag. 73 anaqueles. Allí están, pero no están, *L'Adorant,* de Hubert d'Entragues (invención de Rémy de Gourmont), la *Teoría de la voluntad de Raphaël*, de Valentin (invención de Balzac), *El hongo misterioso*, de Clare Quilty (Nabokov), *La tierra,* de Carlos Argentino Daneri (Borges), *De renibus,* de Malpighi (Perec), y centenares de obras cuyo polvo y olor a tinta son también imaginarios.

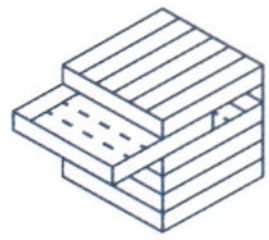

LARMOIRE

Están también los inventos que son –o parecen– lingüísticos antes que materiales. Inventos que no surgen del encuentro, acaso fortuito, de un paraguas y una máquina de coser, sino de dos palabras que se funden en una «aleación exquisita».

El *Petit fictionnaire ilustré*, que un joven Alain Finkielkraut publicó en 1981, abunda en casos por el estilo. «Macdolescencia» es la juventud irrespetuosa de las tradiciones gastronómicas. «Elefantasma» es un paquidermo que se cubre con una amplia sábana blanca para asustar a sus compañeros o para curarlos del hipo. «Playboy-scout» es un seductor que disimula sus propósitos bajo un aire de niño bueno.

Aunque el *Ficcionario* hace pensar en el *Diccionario del diablo*, donde Ambrose Bierce proponía definiciones cargadas de sarcasmo, la diferencia fundamental entre Finkielkraut y Bierce es que este último tomaba palabras existentes y les adjudicaba una definición singular, totalmente subjetiva, mientras que el francés se vuelca a acuñar neologismos, algunos intraducibles, o casi, como *utoupie* (mezcla de utopía con «toupie»: *imag. 74* trompo o peonza) o como *eskiss*, mezcla de «esbozo» con beso en inglés *(«kiss»)*.

Los hallazgos de Finkielkraut corresponden, en muchos casos, al mundo de los conceptos y de la vida social: acciones, emociones. Pero hay algunos objetos. Como el *larmoire*: «mueble para guardar lágrimas», según la definición. Juego de palabras entre «larme» y «armoire». ¿Para guardar llantos viejos, solamente? ¿O también los que han de venir? Finkielkraut no lo precisa. Y uno imagina un armario con grandes lágrimas que cuelgan relucientes, boca abajo, como copas de *champagne*.

MÁQUINA DE DAR RESPUESTAS

Las máquinas abundan en la obra de Fredric Brown. Existe, por ejemplo, «The first time machine», gracias a la cual alguien viaja para asesinar a un abuelo que siempre odió. Existe otra máquina del tiempo, aquella que revierte las palabras del propio cuento que intenta narrar Brown (*«Years many for theory time on working been had Jones Professor»)*. Y están también los relatos de *Los grandes descubrimientos perdidos* (1961): invisibilidad, invulnerabilidad, inmortalidad. La visión de Brown es irónica, lo mismo que la de su hermano espiritual Jacques Sternberg. Un relato de Brown («Answer») exhibe una máquina de dar respuestas: la persona que tiene el privilegio de formularle la primera pregunta quiere saber si Dios existe. «Ahora sí que existe», repone la inquietante máquina, sin un asomo de modestia.

Algunos años después de «Answer», Jacques Sternberg escribió un minúsculo cuento en el que unos investigadores de renombre utilizan la célebre máquina de Brown. «¿Por qué estamos en la Tierra?», es su pregunta. La máquina no duda un solo instante. «Para imaginar y poner en marcha con infinita ingeniosidad unas máquinas capaces de responder a todas las preguntas. A todas excepto la que ustedes acaban de formular».

imag. 52

imag. 53

imag. 54

imag. 55

imag. 56

imag. 57

imag. 58

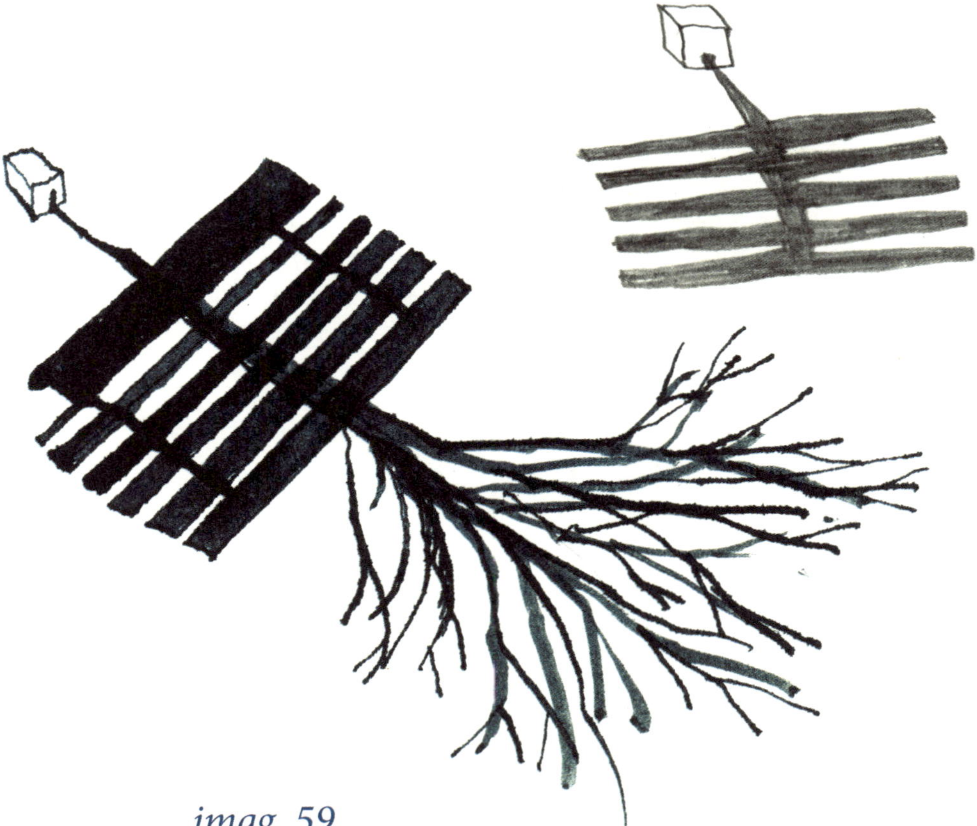

imag. 59

imag. 60

imag. 61

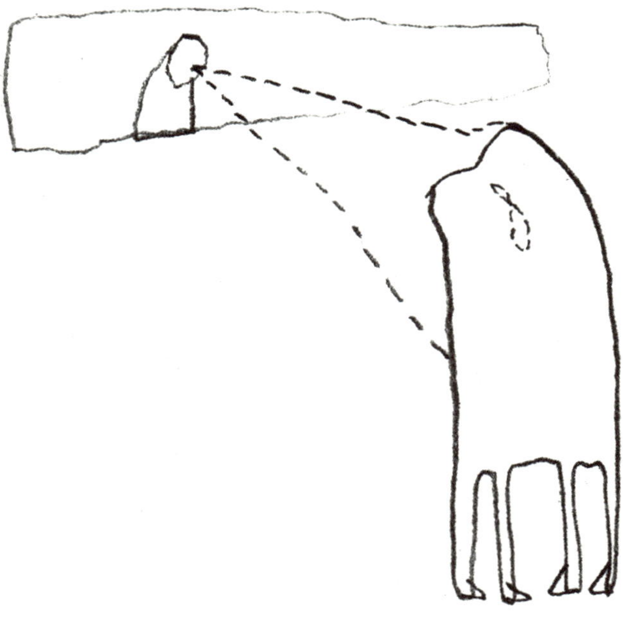

imag. 62

imag. 63

imag. 64

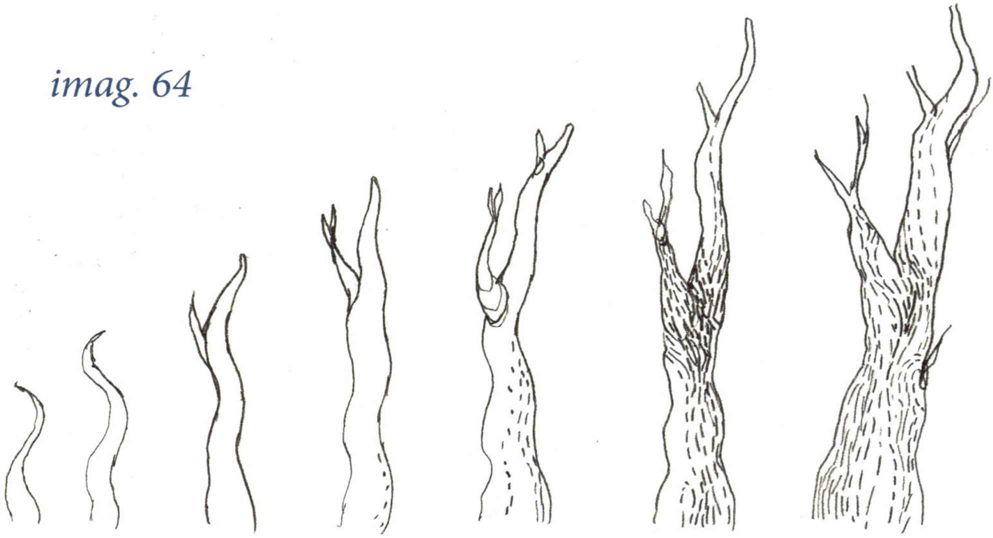

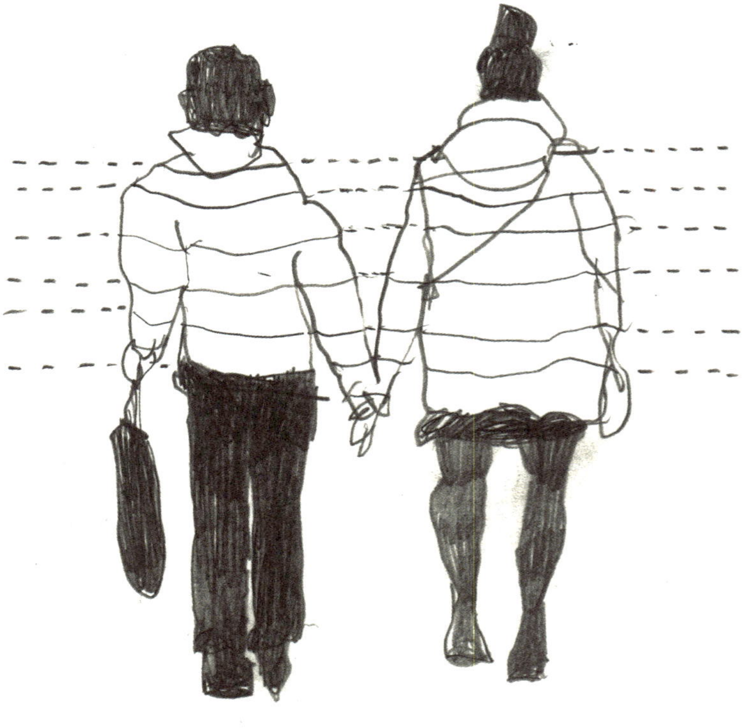

imag. 65

imag. 66

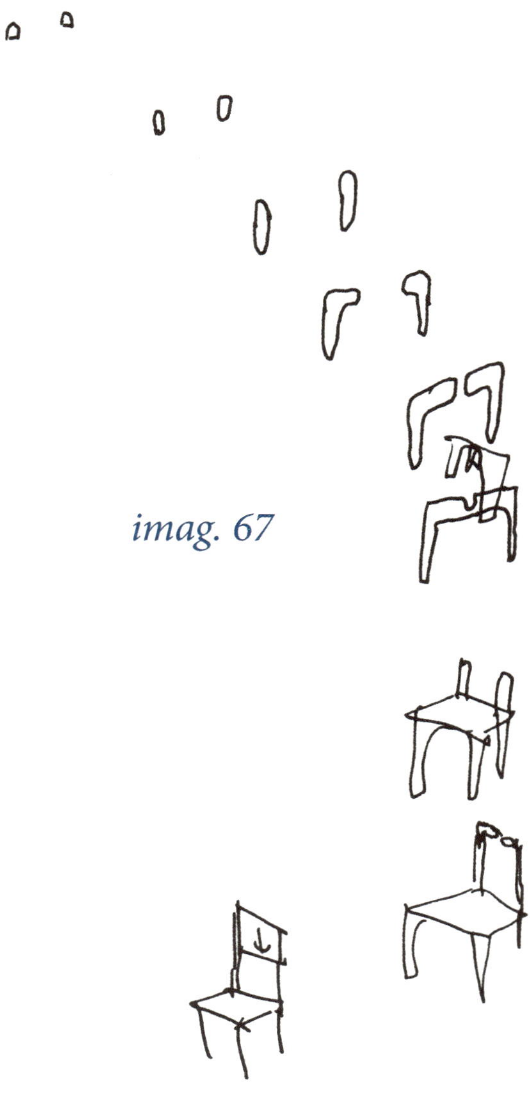

imag. 67

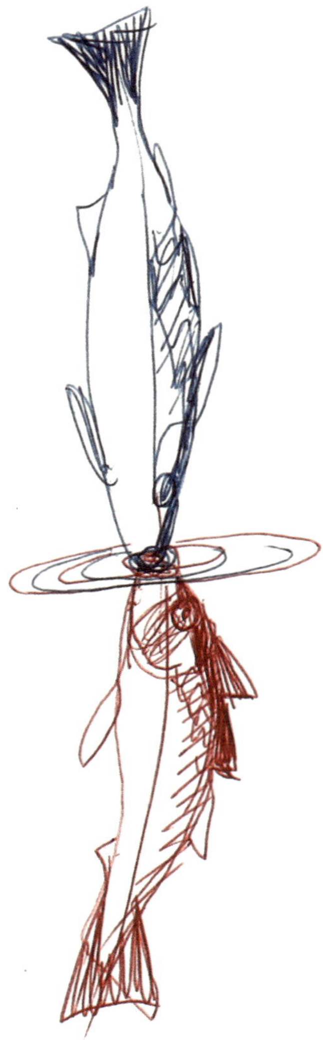

imag. 68

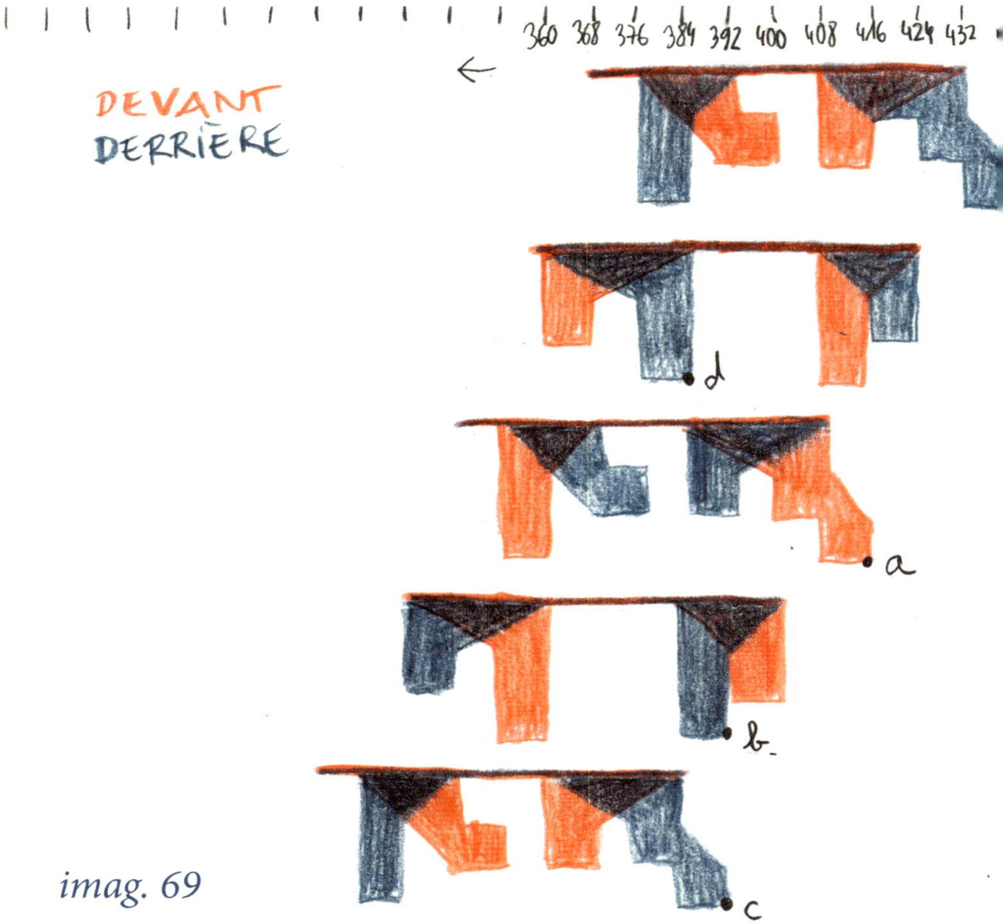

imag. 69

imag. 70

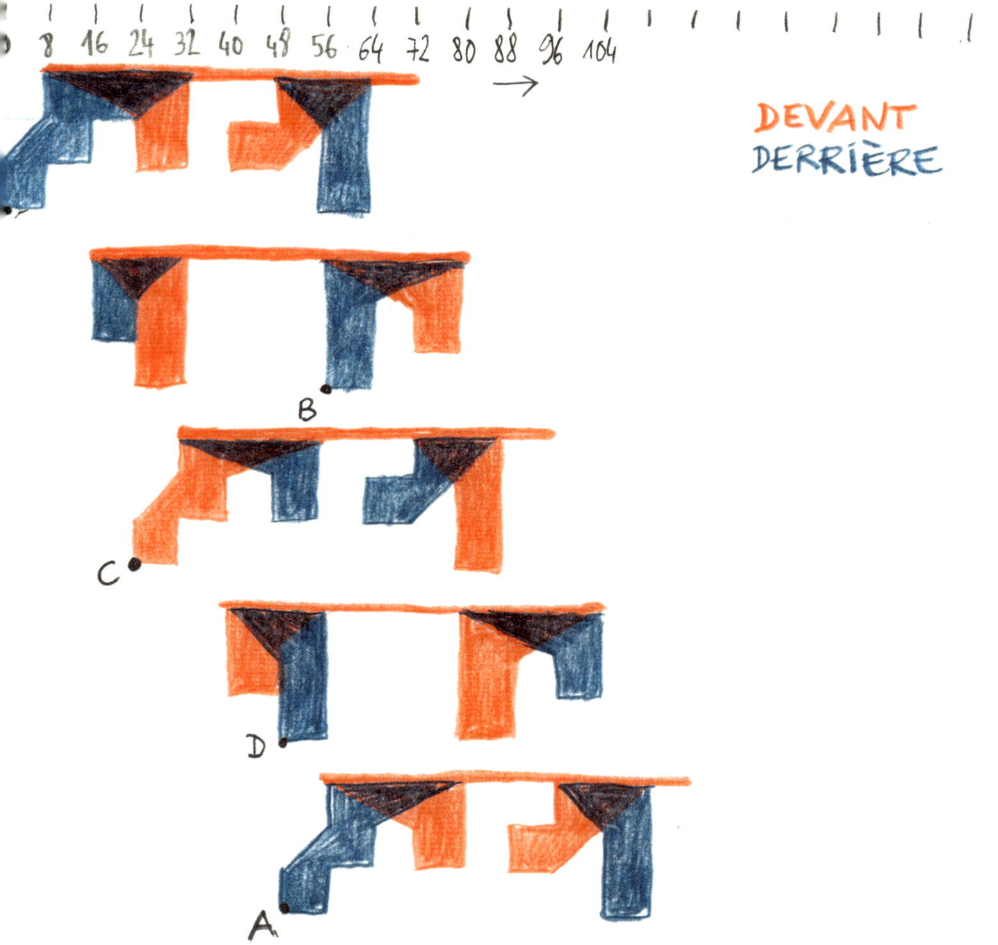
0 8 16 24 32 40 48 56 64 72 80 88 96 104
DEVANT
DERRIÈRE
B
C
D
A

3
4

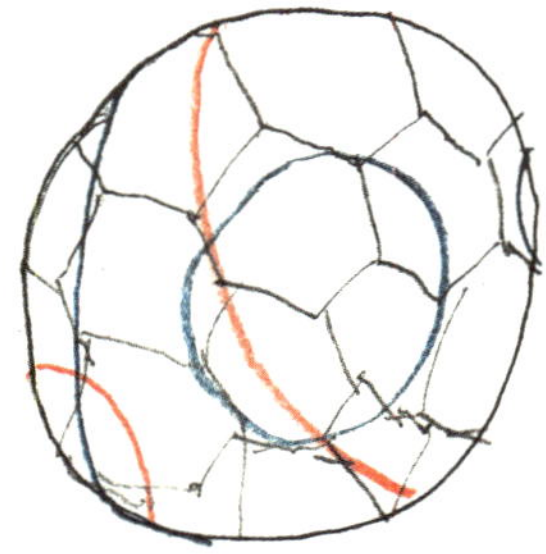

imag. 71

imag. 72

imag. 73

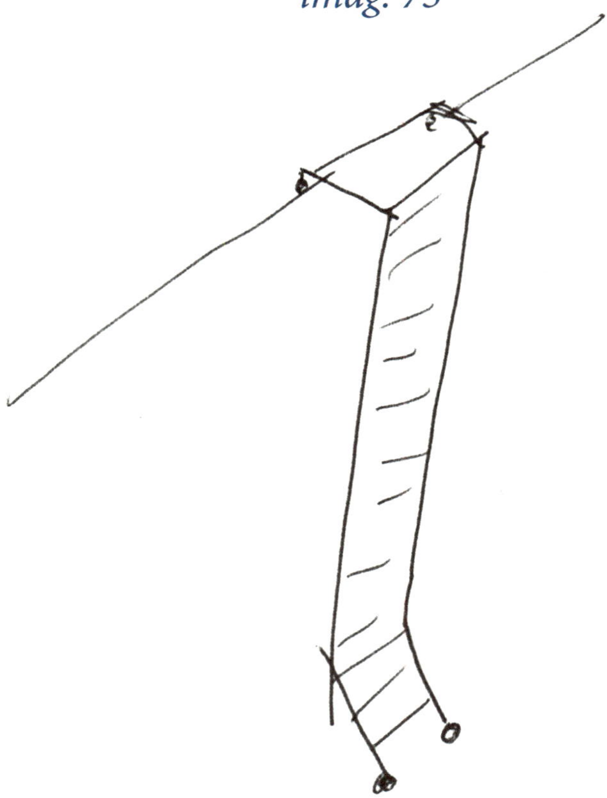

imag. 74

Un edicto del emperador Suen prohíbe toda clase de inventos. Y un estatuto del emperador Wu-chi establece, más aún, que nada inventado hoy podrá ser perfeccionado. Mi antecesor en la humilde profesión que desempeño fue privado de su cargo por haber dicho que, a su entender, las monedas deberían ser redondas, no cuadradas.

Richard Garnett,

La habilidad y sus recompensas

MÁQUINA DE DECIR MENTIRAS

Otro planeta al que viajó Gianni Rodari es el planeta Mun, donde un gran científico llamado Brun ideó tiempo atrás un sinnúmero de objetos fascinantes: desde la máquina que fabrica arcoíris («funcionaba con agua y jabón») hasta el insólito palo para hacer agujeros en el agua, *imag. 75* invento «muy apreciado por los pescadores, que lo empleaban como pasatiempo cuando los peces no picaban».

De todos los inventos de Brun, el más famoso ha sido su aparato para decir mentiras. La máquina contenía todas las mentiras del mundo: las ya dichas y las por decir. Cuando el aparato agotó todas las mentiras posibles, la gente se vio obligada a decir siempre la verdad. «Por eso el planeta Mun es llamado también el planeta de la verdad», miente Rodari, y tiene razón.

MÁQUINA DE ESCRIBIR LO QUE SE DICTA

A los escritores que inventan en el interior de sus libros, se añade el clan más singular de aquellos que –visionarios, en busca de dinero o no sabemos por qué– fueron al mismo tiempo inventores fugaces o constantes. Resulta curioso, en su caso, observar los vínculos entre las dos tareas creativas.

El «aparato medidor de ingenio», de Arnaldo Ginna, parece una fantasía proveniente de su libro *Las locomotoras con calcetines*, donde aparece un faquir que ha ideado un remedio infalible contra los callos. No fue su única invención. A Ginna, que militó con los futuristas, se le debe también el procedimiento de colorear directamente sobre el celuloide, una técnica que luego adoptarían cineastas como Len Lye o Norman McLaren.

La obsesión de Roberto Arlt por las «medias con punteras y talón reforzado con caucho o derivados», que patentó en 1934 (idea que no lo volvió rico ni se comercializó nunca, y que prosperó mejor como mito literario, hasta volverse materia central de un cuento de Ricardo Piglia), se ve reflejada en los varios inventos de Silvio Astier, protagonista de su novela *El juguete rabioso* (1926): por ejemplo, el «señalador automático de estrellas fugaces» y la «máquina de escribir con caracteres de imprenta lo que se le dicta». El contraste entre ambos objetos retrata bien a Astier y a Arlt, cuyos apellidos se parecen tanto. El segundo invento suena más pragmático y más necesario que el primero, más bien poético, pese a que Astier defiende ambos con tesón delante de tres militares que lo observan incrédulos y aburridos.

La tecnología de la máquina de escribir se combina con la del teléfono, explica Astier. «En el teléfono el sonido se convierte en una onda electromagnética. Si medimos con un galvanómetro de tangente la intensidad eléctrica producida por cada vocal y consonante, podemos calcular el número de amperios vueltas necesarios para fabricar un teclado magnético, que responderá a la intensidad de corriente de cada vocal».

Uno de los militares frunce el ceño. No es mala idea, le comenta. «Pero usted no tiene en cuenta la dificultad de crear electroimanes que respondan a alteraciones eléctricas tan ínfimas, y eso sin contar las variaciones del timbre de voz.»

Aunque alrededor de 1890 un tal Tihamir Nemes había anunciado el desarrollo de un sistema de transcripción automática para identifi- *imag. 76* car secuencias de sonidos e imprimirlas en forma de texto, aunque tres décadas después AT&T Bell había construido una máquina capaz de reconocer los números del 1 al 10 (una máquina que exigía un complejo ajuste previo) y aunque un invento similar aparece bajo el nombre de *phonoscript* en *1984* (la célebre novela de George Orwell), fue solamente a principios de 1970 cuando el invento de Astier empezó a cobrar forma en un artilugio llamado VIP100, capaz de pasar a texto un vocabulario simple y acotado, siempre que el locutor hablase claro.

El desarrollo hasta hoy resultó prodigioso, pero nada sencillo. Se cuenta que los investigadores del grupo de reconocimiento de voz de Apple solían llevar una camiseta con la leyenda *I helped Apple wreck a nice beach* (ayudé a Apple a estropear una buena playa), frase que suena casi idéntica a *I helped Apple recognize speech* (ayudé a Apple a reconocer el habla).

MÁQUINA DE HACER REVERENCIAS

Una noticia perdida daba cuenta, a fines de 1979, de un inventor japonés, un tal Takahashi Torimoto, que creó una máquina para entrenarse en el delicado arte de la reverencia. Una máquina cuyo destino era instruir en materia de buenos modales a los muchos vendedores de una cadena de supermercados.

El escritor argentino Elvio Gandolfo retomó entonces la noticia en la revista *Péndulo* y escribió: «Los aspirantes a la perfección en la cortesía apoyan el pecho contra una plancha metálica, accionada mediante electricidad, que les hace inclinar el cuerpo en las tres posiciones sociales requeridas. Para saludar a un colega se emplea una reverencia de quince grados. Para dar la bienvenida a un cliente, el ángulo es de treinta grados. Y el cuarenta y cinco queda reservado para despedir a los clientes, hayan comprado o no; una muestra más de la exquisita imparcialidad oriental».

RESURRECTINA

En su mansión de Locus Solus, el señor Canterel ha concebido un plan: devolverles la vida a los cadáveres recientes o, mejor dicho, devolverles movimientos y alguna ilusión de vida. Como la noticia no tarda en propagarse, muchas familias se acercan a Locus Solus con la esperanza de ver vivo a un ser amado. El método de Canterel, según narra Raymond Roussel, se basa en una sustancia de color rojo, bautizada «resurrectina», que se inyecta bajo la oreja derecha del muerto y, combinada con un líquido llamado *vitalium*, causa una reacción craneal.

En su suntuoso Locus Solus, entre estatuas legendarias y cabellos musicales, entre un diamante de agua y un sacamuelas indoloro, Canterel ha edificado un gran salón rectangular donde, a salvo de la putrefacción, la muerte se descongela y los cadáveres se animan gracias a las inyecciones. Pero la resurrectina, como su nombre sugiere, más que nuevas horas de vida, recrea horas pasadas.

No siempre es fácil resolver el acertijo muscular. Tras la descarga eléctrica de la inyección, el difunto hace, de pronto, una extraña pantomima. ¿Sube una escalera? ¿Se peina? ¿Escribe? ¿Repite de modo incesante una acción abominable? En su templo de la resurrección, Cantarel descifra el mensaje, identifica la escena y se vuelca, como escribe Roussel, en una «fiel reconstitución», echando mano, si hace falta, de objetos originales.

Canterel, muy orgulloso de los «cuadros vivientes» protagonizados por sus muertos, no sospecha que él también es un cuadro muerto-vivo. Y, sin embargo, ocurre así. Como con todo personaje de ficción. Los libros yacen, a su modo, en busca de resurrectina: en cuanto el lector los revive con la certera inyección de su mirada, cumplen su serie de actos o de gestos repetidos.

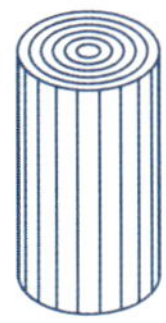

LÁPIZ LABIAL VITAMINIZADO

Hace más de medio siglo, mucho antes de Mo Yan y Gao Xingjian, el escritor Qian Zhongshu (1910-1998) imaginó en un breve relato a un autor chino obsesionado con ganar el Premio Nobel, pero sin suerte con los «viejos sabios» del jurado, quienes no leen ni hablan mandarín y deciden, para no complicarse la vida, que «no vale la pena interesarse en esos libros».

Un periódico chino se decepciona tanto cuando se conoce el nombre del laureado (que, claro está, no es el personaje del cuento) que decide atacar con violencia al presidente de los Nobel por haber renegado de su «origen». «Si es gracias a la dinamita que el viejo Alfred Nobel edificó su fortuna, es porque los chinos inventamos, primeros en el mundo, la pólvora», dice el periódico en su ficticia editorial. «Por lo tanto, el premio debería corresponderle legítimamente a un chino».

Desanimado, pero no vencido, el escritor resuelve buscar otra ocupación que lo haga inmortal. Y, una noche, mientras cena con su amada en un restaurante, observa que la boca de ella se despinta poco a poco y comprende que el *rouge* labial es ingerido al mezclarse con el agua y con diferentes salsas. Al día siguiente, con su instinto comercial y con el dinero paterno, abre una empresa de «pintalabios vitaminizados». La campaña publicitaria sale, claro está, de su pluma: «Belleza e higiene, dos golpes con una piedra». Y sobre todo: «En adelante, besar será como tomar un tónico». ¿No lo era ya, en algunos casos, sin necesidad de vitaminas?

TELEVISOR INDISCRETO

Otro invento que Dino Buzzati asocia con el Japón. El aparato es pequeño, algo anodino en su aspecto, pero posee una virtud sin par: cada vez que alguien –por muy lejos que esté– habla acerca de nosotros, la pantalla «nos lo hace ver y oír». *imag. 77* En su defecto, si nadie habla de nosotros, la pantalla permanece oscura. Tal vez el creador del invento pensó en esas supercherías según las cuales, cuando se habla de nosotros, nos escuecen las orejas o nos pica la nariz. El problema es que, como los anteojos para ver viejos, aquí se trata también de conocer lo que usualmente preferimos ignorar: el futuro en el caso de los anteojos, la verdadera opinión de los demás en este cuento. Difícil estar seguro de qué es peor, de qué nos inquieta más.

TELEVISOR HISTÓRICO

Entre 1950 y 1960, el escritor y guionista Ennio Flaiano reúne en su *Diario de errores* una serie de relatos muy breves, parábolas, apuntes y gérmenes de ideas; por ejemplo, la historia de un turista que compra en Bombay un pequeñísimo televisor, de seis centímetros por seis, que en un primer momento no capta nada de nada. Cómplice de Fellini, amigo de Leo Longanesi, a Flaiano le disgustaba el turismo, actividad que estimaba inútil y cansadora («viajar equivale a abrir canillas y ver cómo el tiempo corre, desperdiciado, líquido, sin que nada lo retenga»), pero a la vez era consciente de que esos viajes, forzosos a causa de sus funciones profesionales (especialmente las ligadas al cine y al periodismo), deparaban el bello asombro del regreso. Al volver de Bombay, el turista de su historia se topa en la pequeña pantalla del televisor con una escena que le hiela la sangre: la del Calvario. Y oye la voz de una especie de locutor porque, claro está, se trata de la TV. El cuento es corto, una especie de microcuento, pero uno piensa en los Monthy Python y hasta imagina, por qué no, la Biblia entera, la historia de la humanidad entera, narrada con la ramplona y grosera perversidad de la peor televisión y con los lugares comunes de los comentadores. El final que entrega Flaiano es abrupto: «Un día, unos ladrones le roban el televisor. Pero, mientras están fugándose, el coche sufre un accidente y ellos mueren». *imag. 79*

HORNO FRÍO

Los incrédulos, que en este caso abundan, consideran imposible que el dramaturgo, poeta y narrador cubano Virgilio Piñera, muerto el 18 de octubre de 1979, sea el autor del *blog* virgiliopiñera.com, que funciona desde mediados de 2008, pese a que la página recontrajura que es Piñera quien escribe las entradas desde cierto más allá. Los textos más polémicos del *blog* son, por supuesto, los inéditos; sobre todo, los cuentos y las anécdotas que deja caer «Piñera» o quien se hace pasar por él con entusiasmo creciente y, justo es reconocerlo, con escritura de calidad desigual, pero no exenta de aciertos estilísticos. Después de un cuento que expone la costumbre dificultosa de nadar fuera del agua, la entrada más popular («Mi panadero tropical») narra el caso del responsable, allá *imag. 78* por 1959, de cierta panadería en la ciudad de Matanzas, quien no lograba explicarse por qué nadie había tenido la picardía de inventar un horno frío, que no irradiase calor, y que, con esto en mente, le pidió ayuda a dos escritores: Lezama Lima y Piñera. El primero respondió que estaba muy ocupado para asuntos tan banales, según la apretada versión del hecho que ofrece «Piñera» en su *blog*. El segundo (o sea, Piñera) quiso responder lo mismo, pero acabó conmovido cuando el noble panadero Hermes Quiñones le dijo: «Si supiera, don Virgilio, el infierno que es hacer pan en un país tropical cuando el termómetro marca cuarenta grados y a ello se suma el bochorno del horno». Piñera quiso saber por qué el panadero acudía para ello a un escritor y no a un físico, a un ingeniero o, en fin, a algún inventor. «Porque son unos haraganes a la hora de imaginar», le explicó el señor Quiñones. «Si presta atención, verá que no hacen más que dar forma a lo que antes soñaron los artistas.» A Piñera, según «Piñera», le dio risa esto último y se puso a escribir un cuento. Inventar un horno frío era tarea tan sencilla que concibió, con fervor, una idea más compleja: un horno para hacer pan a temperaturas variables, de modo que el feliz usuario no sudase ni tiritase; se trataba, a fin de cuentas, de una especie de artilugio termo-panadero y, sin más que un primer boceto, una versión inconclusa, fue en busca de Hermes Quiñones, quien reaccionó con tibieza. «Por favor, don Virgilio, usted que escribe *cuentos fríos* tan bonitos y originales, déjese de tonterías e invénteme de una vez un horno para combatir el calor», imploró el señor Quiñones prometiendo, a cambio de ello, pan gratis durante un año, a razón de dos hogazas por día.

El desenlace del caso aparece en el *blog* del siguiente modo: «Escribí un relato corto en el que cierto panadero llamado Hermes Quintana, en lugar de Hermes Quiñones, resultaba favorecido con el primer y único horno frío del mundo. Venía gente del mundo entero a admirar la maravilla. Sin embargo, por culpa de esta herramienta que a él lo ponía tan feliz, Quintana ya no sudaba con profusión en verano, como había ocurrido de modo constante en el pasado, y a la postre, después de años engordando hasta duplicar el peso, caía gravemente enfermo o fallecía a raíz de su desmesurada adiposidad, ya no lo recuerdo bien. El asunto es que a Quiñones, mi genuino panadero tropical, no pareció gustarle nada el epílogo y, aunque cumplió la promesa de tenerme reservados dos panes gratis por día, en las raras ocasiones en que osaba pedírselos con un dejo de vergüenza, él se salía con la suya y, entre ríos de sudor, me entregaba alevosamente los más duros y más fríos».

TOSTADORA TRANSPARENTE

Transparente para que se vea el proceso mientras se oscurece el pan *imag. 80* (una especie de crepúsculo a la hora del desayuno), vaya artefacto singular. Más singular si se piensa que es el fruto de la fantasía de un perro llamado Mister Bones. Más singular aún si se sabe que el perro ideó además, junto a su amo, una «sinfonía de olores», una pieza musical para el olfato. Mucho más singular aún si se dice que esto figura en *Tombuctú*, de Paul Auster; o sea, en una novela cuyo narrador es un perro de notable inteligencia y aptitudes innatas para la invención.

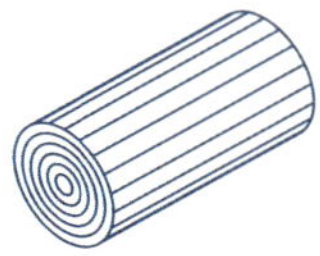

VIOLINVIOLACELLOBAJO

El hurganarices rotativo que incluye treinta tamaños diferentes de dedo índice y puede usarse en el sentido de las agujas del reloj o a la inversa. El autorrecogedor de caca para perros. La laptop-tostadora que permite desayunar y navegar por Internet al mismo tiempo. El artilugio para insertar en los sueños, minuto a minuto, las noticias financieras. La máquina para capturar, sin moverse del asiento, el control remoto del televisor. La catapulta de policías: «Una respuesta rápida al crimen urbano».

La imaginación del dibujante y humorista Andy Riley es fértil y feroz, como puede verse en su libro *Hágalo usted mismo* (*D.I.Y. Dentistry*, 2008). Algunos de sus inventos (por ejemplo, el aparato para control de pasaportes de pájaros migratorios) son una muestra de cómo nos complicamos la vida y de cómo algunas ideas, más que aportar soluciones, generan nuevos problemas.

Entre las muchas cosas que urde Riley, se destaca un instrumento musical llamado «Violinviolacellobajo». La cosa hace pensar en hermanos siameses o en criaturas de un solo tronco y demasiados brazos y piernas. Monstruosamente compacto, el instrumento de Riley tiene una sola caja (un solo «torso», digamos), pero cuatro mástiles, cuatro cordales, cuatro clavijeros y cuatro tensores, lo que permite que cuatro músicos lo toquen a la vez. Como su nombre indica, se compone de un violín, una viola, un cello y un contrabajo en un mismo cuerpo. En suma, «un cuarteto de cuerda entero en un solo instrumento portátil». ¿Su defecto *imag. 81*
principal? Ninguno de los músicos quiere cargarlo. El instrumento es demasiado pesado y voluminoso.

TRUEQUES DE VIDAS

¿Por qué no hay en los diarios vespertinos una columna de avisos que imag. 83 ofrezca trueques de vidas?, se pregunta John Dos Passos en su novela *El número uno* (1943). Qué buenas obras de ficción podrían concebirse a partir de esta idea. Por ejemplo, un veterinario y un médico que intercambian sus puestos: un desenlace irónico, aunque acaso algo moral, sería que el veterinario pudiese resolver mejor los asuntos con los humanos que al revés. También podría narrarse un trueque entre un dentista imag. 82 y un mecánico, entre un maestro y un *barman* o entre un peluquero y un cirujano. Qué buenas obras de ficción, tal vez, pero habrá que apresurarse antes de que un matutino (por las mañanas nos sentimos más proclives a los cambios) proponga avisos así. Ramón Gómez de la Serna concibió hace décadas, a manera de disparate, unos huevos que llevaban labrados en sus cáscaras una fecha de vencimiento, como conservas imag. 84 enlatadas, y eso es hoy algo común. Lo fabuloso para una generación resulta, demasiadas veces, costumbrista para otra.

(NO) ESCRITURA

Escriba usted una novela de ciencia ficción. Busque primero un buen tema. Por ejemplo: el antropólogo británico Jack Goody no cesa de repetir que el hecho más importante de la aventura humana no es el invento de la rueda ni el invento de la imprenta ni el descubrimiento del fuego ni la conquista de la luna ni la invención del arado o de la electricidad, nada de eso, no, no, sino el invento de la escritura. Tome nota. Reflexione. Piense ahora cómo podría sacarle punta a este asunto. Imagínese, por caso, un mundo distinto o parecido al actual, pero donde el hombre no ha sabido o no ha llegado todavía a algo que merezca llamarse «escritura». Un mundo en el que no hay forma de anotar pensamientos o diálogos. Solamente números. ¿O ni siquiera números? Un mundo en el que sería imposible escribir y mucho más imposible leer este texto o cualquier clase de texto. Imagine entonces al individuo que, de repente, acaricia la idea. Una idea que, si ya fue revolucionaria en su origen, volverá a serlo tanto o más en este mundo. Imagine el impacto de su invención. Las consecuencias. Los intereses en juego. Los temores y las creencias de quienes están en contra. Las ventajas, por ejemplo, que saca un grupo de poder que tiene acceso, antes que otros, a la flamante invención. Escriba acerca de esto. Busque el final más idóneo, el final más sorprendente. Escriba y escriba como si fuera usted el primero en este mundo que lo hace. Como si hubiera inventado la escritura.

FILÓSOFO MECÁNICO

Absalón Amet, relojero de La Rochelle, fue acaso el precursor oculto de eso que muchos denominan la filosofía moderna –argumenta J. R. Wilcock en *La sinagoga de los iconoclastas*–, es decir, de «aquel amplio sector de investigación con fines superfluos o decorativos que consiste en la casual aproximación de vocablos que en la práctica corriente rara vez mantienen contacto entre sí, con la consiguiente deducción del sentido o de los sentidos que eventualmente se puedan desprender del conjunto; por ejemplo: "La Historia es el movimiento de la nada hacia el tiempo", y combinaciones semejantes».

Amet inventó y fabricó un Filósofo Mecánico Universal, aparato consistente en un conjunto de engranajes movidos y regulados por resortes. En su primera versión, se componía de cinco ruedas coaxiales y otros tantos cilindros recubiertos de etiquetas. Cada etiqueta llevaba escrito un vocablo que, según girasen las ruedas, asomaba por cada una de las cinco ventanillas del dispositivo. La combinación de etiquetas sugería una frase «siempre casual –dice Wilcock–, pero no siempre desprovista de sentido».

Las palabras del primer cilindro eran sustantivos. En el segundo cilindro estaban los verbos. En el tercero, las preposiciones. En el cuarto, los adjetivos. En el quinto, más sustantivos, diferentes de los primeros. La única hija del relojero (Plaisance) transcribía las mejores frases en un inmenso cuaderno. Pero esta primera versión del Filósofo Mecánico era algo rudimentaria porque únicamente ofrecía pensamientos como «El universo-nace-de-mucha-pasión», o aún peores, así que Amet se propuso crear un artefacto más complejo y para ello añadió adverbios, conjunciones, negaciones, verbos sustantivados y otras tantas sutilezas
imag. 85 que equivalían a más ruedas, más cilindros y más piezas de relojería intelectual.

Absalón y Plaisance Amet publicaron en Nantes una especie de antología del Filósofo Mecánico: *Pensées et mots choisis du Philosophe Mécanique Universel.* Sorprende leer en un libro de 1774, como bien apunta Wilcock, frases que hoy en día no suenan tan sorprendentes: «Todo lo real es racional», «El hervido es la vida, el asado es la muerte», «El infierno son los demás», «El arte es sentimiento», «El ser es devenir para la muerte». Pero también sorprende hallar una frase de Lautréamont («Los peces que alimentas no se juran fraternidad») casi al lado de otra de Rimbaud: «La música sapiente falta a nuestro deseo». Con buen tino, Wilcock plantea esta pregunta: «¿Qué sentido de la irrealidad futura indujo a la joven –o a su padre, en su lugar– a elegir, entre millares de frases insensatas, estas que un día merecerían ser antologadas?».

VACUNA DEL AMOR

Hace rato que está prohibida y pocos se acuerdan de ella, pero en tiempos en que su venta era legal, tiempos en que los diarios la publicitaban entre anuncios de bálsamos contra la impotencia sexual y remedios mágicos para el dolor de lumbago, en esos tiempos llegó a ser una vacuna famosa. Aquello debió de ocurrir a fines de los setenta, no después, en todo caso, porque cuando Hervé Guibert habla de ella (en un texto sucintamente poético, que describe como «anodino» al líquido transparente dentro de la pequeña ampolla) estamos en 1979.

La vacuna se fabricaba a partir de sangre animal. La sangre de, por ejemplo, dos águilas. O dos pumas. Lo monstruoso es que empleaban para ello animales en cautiverio: soltaban a una pareja (un macho, una hembra), los dejaban copular por primera vez entre sí y, en el momento del gozo, clavaban una daga en sus corazones y obtenían la sangre de ambos, que mezclaban y procesaban. No queda del todo claro cómo esta sangre se volvía a la postre transparente e inodora, aunque para nada insípida.

Si se colocaba el líquido en un vidrio y se dejaba evaporar, aparecían unos residuos de cristales. En cuanto al vidrio, Guibert cuenta que «frotado por dedos hábiles» llegaba a reproducir el lamento de los animales sacrificados.

(Aplicación: subcutánea e intramuscular. Dosis: no más de una vacuna por año. Contraindicaciones: dos personas no debían, bajo ninguna
imag. 86 excusa, aplicarse la vacuna a la vez en un mismo lugar, ya que esto suscitaba el anhelo de eliminarse entre ellos.)

EIGENMELODY

Buscamos lo nuevo, sin duda, pero buscamos también el placer garantizado. Algo de esto entendió Brian, personaje no muy central de *Las correcciones* (Jonathan Franzen), cuando concibió y puso a punto un programa llamado Eigenmelody, capaz de procesar cualquier pieza de música grabada y obtener de ella, en calidad de «coordenadas diferenciadas y manipulables», la esencia tonal, melódica y rítmica de la *imag. 87* canción. El usuario de Eigenmelody puede elegir su canción favorita de John Lennon o de Jacques Brel, por ejemplo, dejar que el programa la estudie y que busque «eigenvectores similares» en una base de datos *imag. 88* poco menos que infinita. Como resultado tendrá una lista de canciones «relacionadas» (distintas pero parecidas) que, sin ayuda del programa, el usuario tal vez no habría descubierto y cuya «esencia», en principio, garantiza la afinidad.

«No son los sueños los que se realizan. Son las cosas», dice una vieja novela de la olvidada Grazia Deledda. Pero Brian realiza las dos cosas: tras desarrollar su programa, lo vende a una corporación. Por casi veinte millones de dólares.

BUSCADOR AUTOMÁTICO DE LIBROS

Se parece a esos llaveros que alguien popularizó hace un par de décadas. Entonces uno silbaba y el llavero emitía un ruido que ayudaba a localizar las llaves perdidas. En este caso, dado lo arduo que puede resultar hallar un libro en una biblioteca vasta y muy desordenada, se toma una especie de control remoto, se escribe el apellido del autor, una o dos palabras del título y... santo remedio: el libro suelta el zumbido que equivale a decir «acá estoy».

Obviamente, esto existe (por ahora) en la ficción. En una colección de cuentos de la escritora Minh Tran Huy, cuyo título sería fácil de citar si el libro apareciera al fin, entre el abarrotado caos. Pero el libro y el control remoto no se encuentran por ningún lugar.

imag. 75

imag. 76

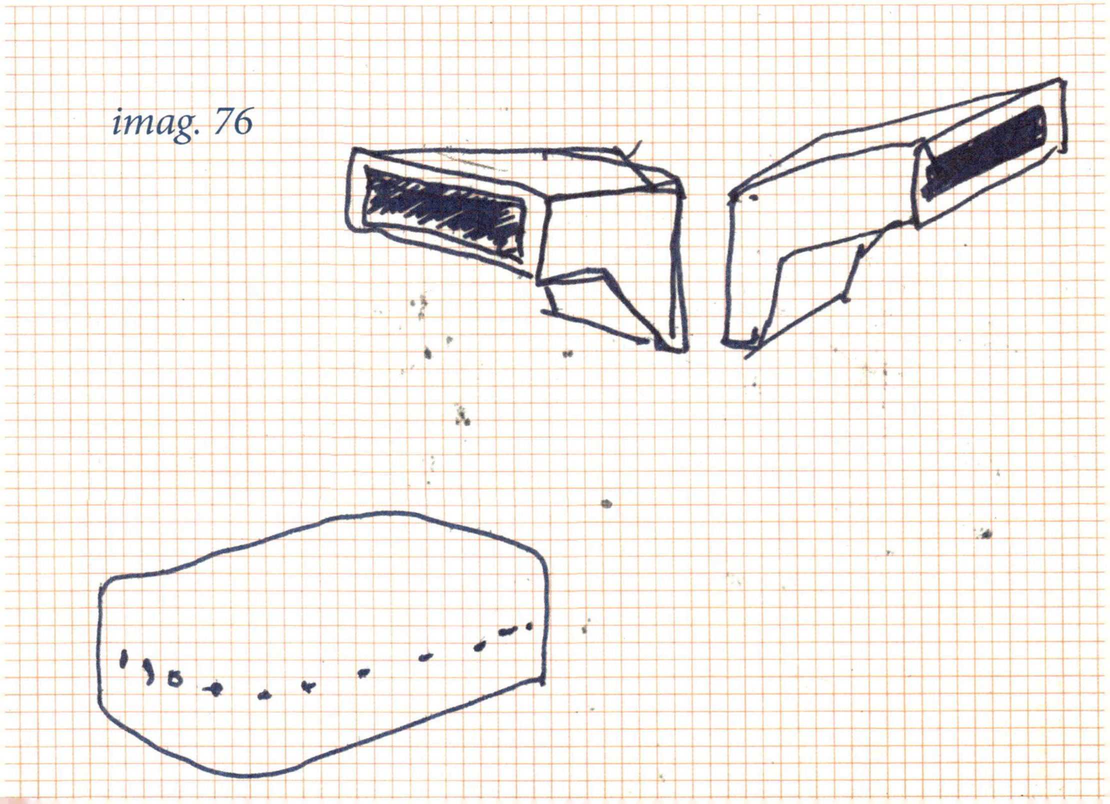

imag. 77

imag. 78

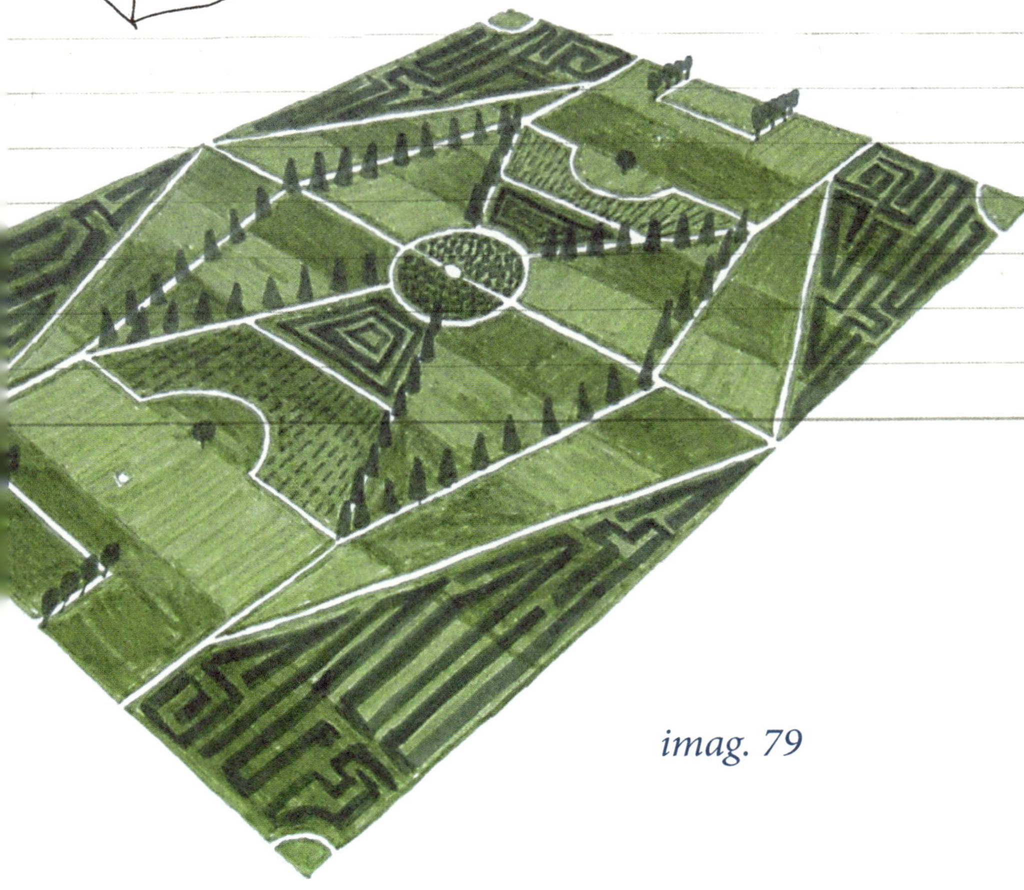

imag. 79

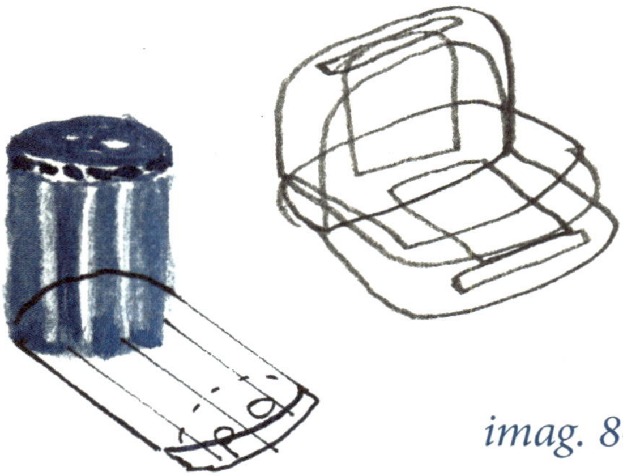

imag. 80

imag. 81

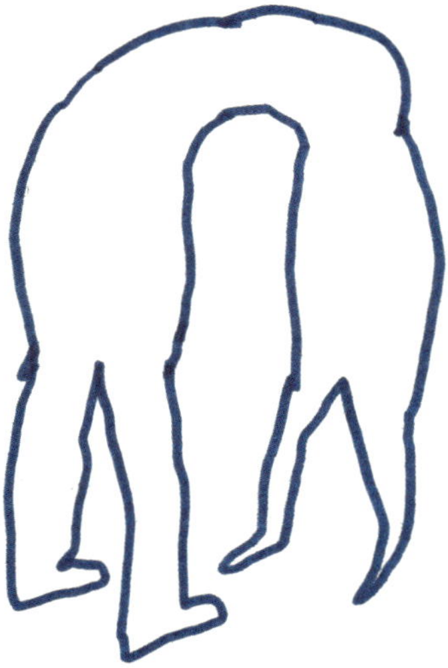

imag. 82

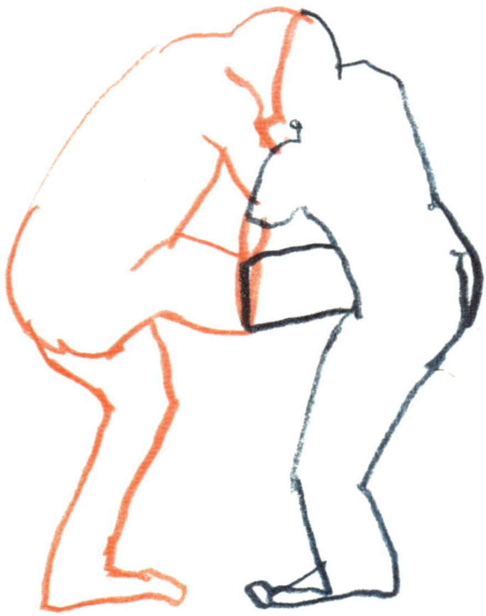

imag. 83

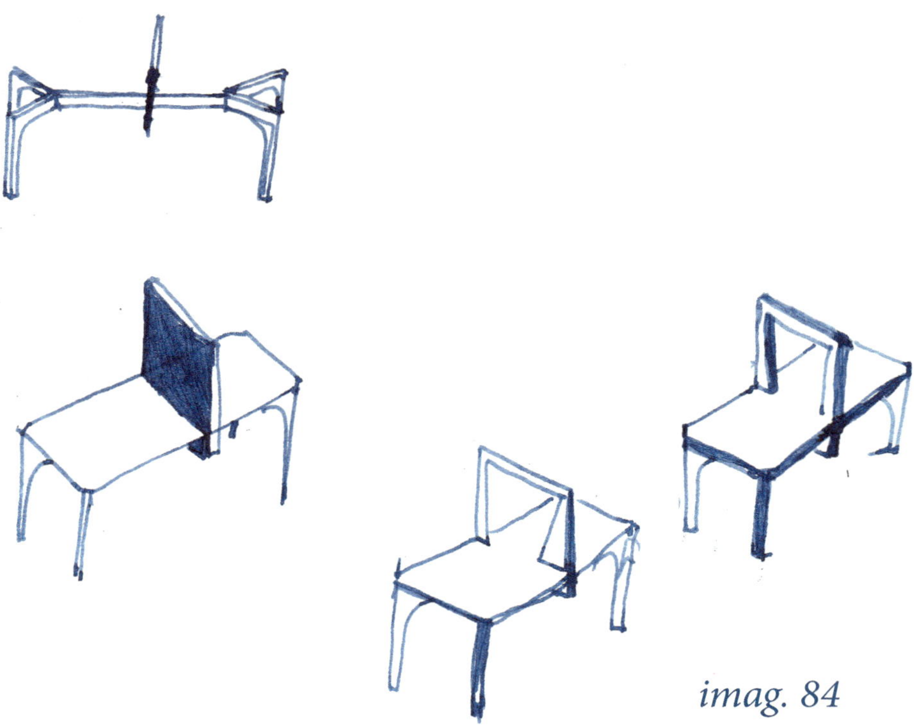

imag. 84

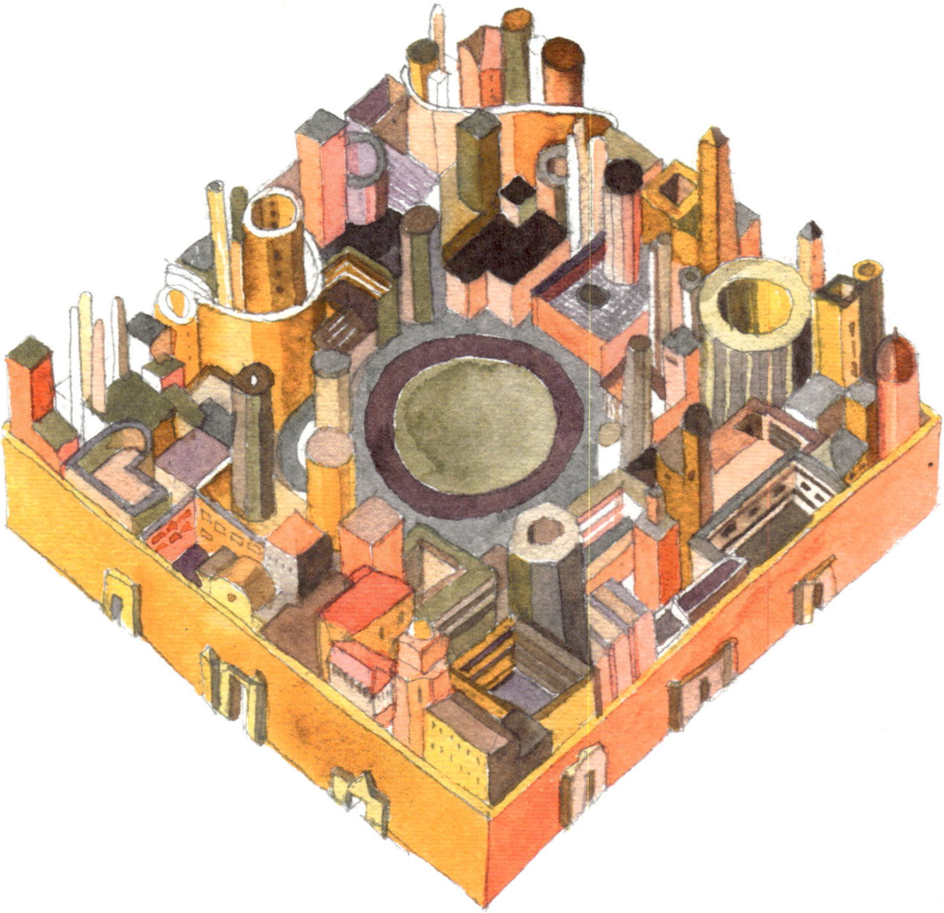

imag. 85

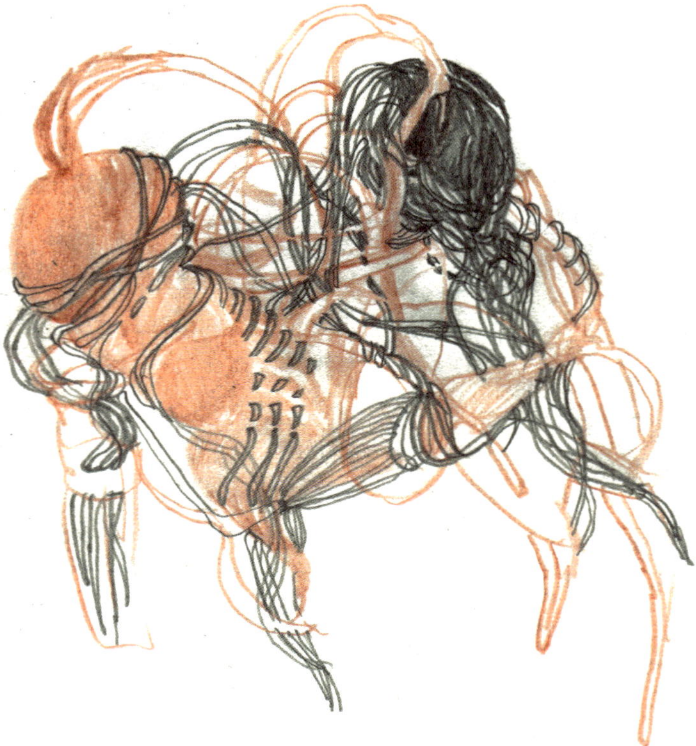

imag. 86

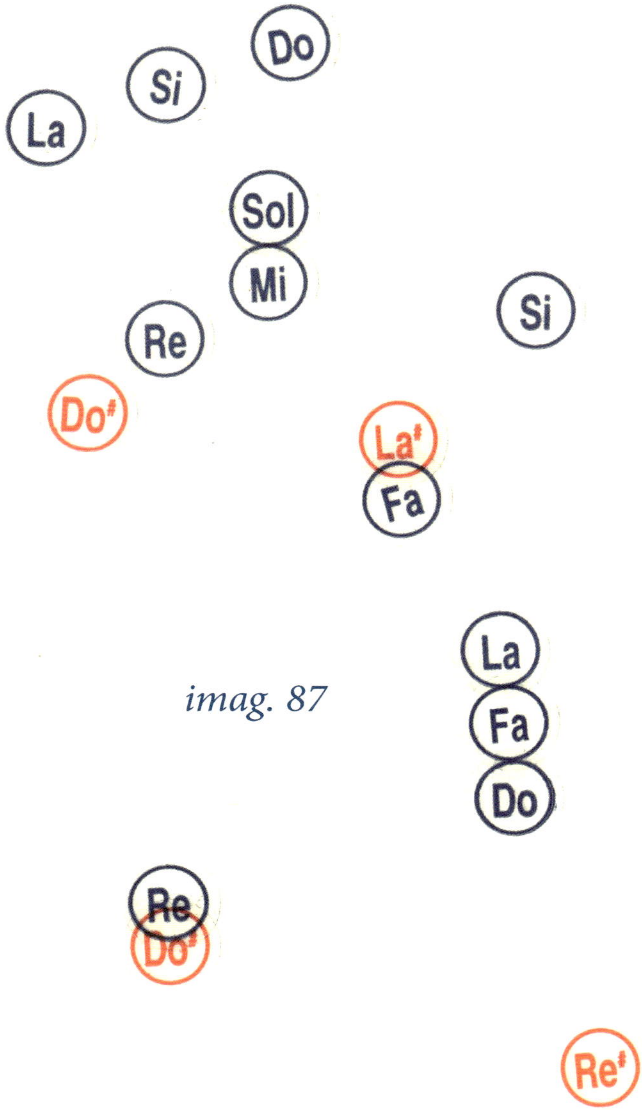

imag. 87

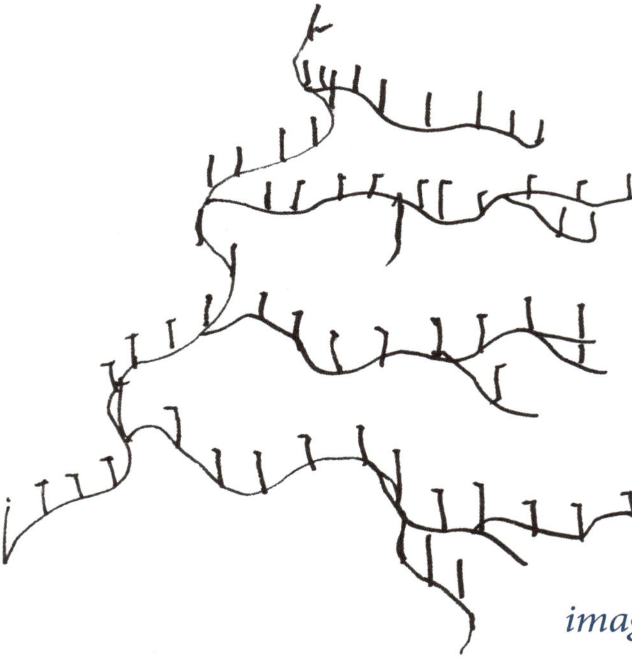

imag. 88

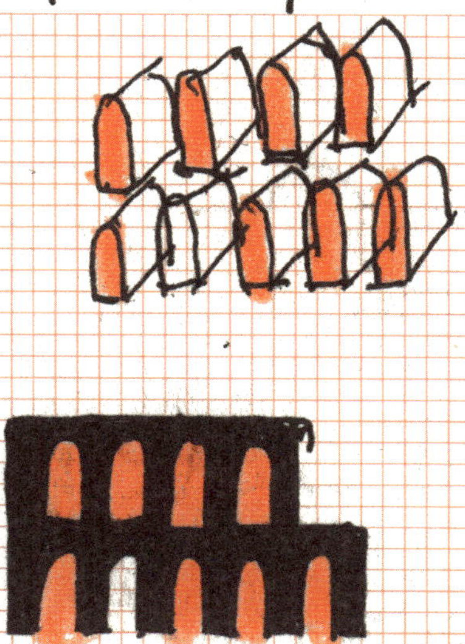

imag. 89

imag. 90

MENSAJES LUNARES

En un delicioso libro llamado *Máquinas infernales*, Gonzalo Carranza despliega una larga serie de inventos más o menos delirantes que no nacieron de la fantasía de los escritores, como alguien podría suponer, sino de la imaginación de diversos científicos: desde un generador de arcoíris diseñado a fines del siglo XIX hasta la máquina que un tal Socrates Schofield patentó en 1914 en el U.S. Patent Office (número 1.087.186) y cuyo propósito era probar la existencia de Dios.

Entre estas y otras maravillas, Carranza se detiene en *De occulta philosophia* (1529), de Cornelio Agrippa, para afirmar que Pitágoras, a fin de comunicarse con personas que vivían en regiones remotas, empleaba un curioso dispositivo que hacía posible proyectar mensajes en la luna llena.

Agrippa no es muy técnico en su explicación, pero las frases que dedica a todo esto conjugan belleza y misterio: «Si alguien, tras pintar un retrato o escribir algunas palabras de determinada manera, expone esto a la noche, con buen tiempo, con luna llena, a los rayos de esta, otra persona puede ver y leer todo eso en la circunferencia o círculo de la luna, pues sus representaciones se elevan y multiplican en el aire, lo cual es muy útil para hacer saber noticias».

HOLOGRAMA DE BIOY

Buenos Aires, 26 de noviembre (A.P.). –Villings & Haynes, la misma empresa que creó los exitosos hologramas de Eva Perón, el Che Guevara y Carlos Gardel (y que, gracias a la gira triunfal de su Gardel, recaudó millones de dólares en 2016), presentó anoche su cuarta creación, que es a la vez el primer holograma de escritor. La elección del personaje no pudo ser más pertinente: Adolfo Bioy Casares, quien en *La invención de Morel* anticipó la realidad holográfica. El Bioy Casares presentado ayer a la prensa es un dechado de polivalencia: juega al tenis, seduce mujeres, puede brindar conferencias sobre Borges, puede exhibir fotos de la ciudad de Brasilia en su etapa de construcción (y decir acerca de ella, con un rictus de fastidio: «Esto parece el sueño de arte moderno de un funcionario imaginativo»), recita letras de milongas olvidadas, comenta a la perfección las desemejanzas entre Victoria Ocampo y su hermana Silvina, debate las teorías de Thomas Malthus con magnífica sapiencia y, desde luego, escribe cuentos y novelas donde a menudo hay una isla: obras que alguna gente vincula con el género fantástico. Por las noches, el holograma derrama un llanto por Faustine. También murmura que la siente menos fría que antes.

TUMULTOSCOPIO (CHAMBARDOSCOPE)

Por supuesto, también existen los inventos falsos, los que sirven para estafar.

Alphonse Allais narra con gracia (¿narra algo sin gracia Allais?) el caso del pícaro Laflemme y su espurio «chambardoscope», que podría traducirse como «tumultoscopio».

En los hoteles de Niza que frecuenta, Laflemme consigue que sus charlas con los demás huéspedes desemboquen en el famoso terremoto de 1886. «Si alguien es víctima hoy de un terremoto –proclama–, es porque así lo ha querido.»

Como los huéspedes lo miran asombrados, Laflemme saca de un bolsillo el maravilloso artefacto, invento –les dice– de un pastor irlandés: se parece mucho (tal vez demasiado) a un reloj, aunque lleva una sola aguja (porque, claro, la otra la arrancó Laflemme), y el interior –les explica– «consiste en un aparato extremadamente sensible a las corrientes telúricas que actúan en el subsuelo». El modo de empleo es muy simple: se coloca el instrumento sobre una superficie plana; si la aguja no se mueve del número seis, no hay nada que temer; en cambio, si apunta a la izquierda, es que anuncia corrientes telúricas negativas, de las más peligrosas.

Laflemme pasa unas magníficas vacaciones en Niza, hasta que una mañana, muy temprano, aparece en la recepción y pide hablar con el dueño o responsable del hotel. Su tumultoscopio está marcando 9,5.

–Por favor, no le diga nada a nadie… Su instrumento podría equivocarse –murmura el hotelero mientras piensa, empalideciendo: «¡El hotel vacío, la temporada perdida, la ruina!».

–Mi deber –responde Laflemme– me obliga a advertir a todo el mundo.

El hotelero se inclina por el soborno.

–Aquí tiene, señor Laflemme. Su cuenta ya está saldada. Hágame ahora el favor de partir inmediatamente.

–Pero no tengo dinero para el viaje...

–Tome... Son doscientos francos, pero váyase sin decir nada.

Con gesto grave, Laflemme guarda la cuenta en un bolsillo y el dinero en el otro, en el mismo bolsillo donde está su invalorable invento. Luego enfila a un nuevo hotel.

MÁQUINA PROGRAMADORA DE SUEÑOS

Un narrador se ha puesto a escribir un relato en el que cada tanto un hombre, un inventor, tiene una idea fabulosa, una acertada intuición, acertadísima incluso, salvo que todas las veces, encontrándose en una fase avanzada del ineludible proceso de desarrollo o ensayo de su idea, otro le gana de mano y anuncia antes, meses antes, días antes, el mismo invento o uno muy similar, que a fines prácticos anula o neutraliza el suyo.

La cosa es de lo más frustrante. Un buen día, el inventor despierta con la idea del semáforo, el nailon, el microscopio, los pañales deshechables, las lentes de contacto o el café instantáneo. Convencido, entusiasmado, se consagra a hacer realidad lo que, de momento, es un concepto abstracto, una intuición. Pero alguien se le adelanta, fatalmente. Alguien que pasa a la historia como inventor del semáforo, otro que pasa a la historia como el inventor del nailon, y así sucesivamente.

El personaje del cuento es un anciano longevo, de modo que el escritor, aunque no era su intención, al narrar su vida y obra enumera las últimas maravillas del progreso y la tecnología. A pesar de los años y de la suma de frustraciones, el inventor no se amilana. Algún día llegará primero. Para ello, no lo duda, no solamente ha de ser cada vez más rápido en el proceso de concretar la idea. También le será de ayuda tener una idea muy audaz. Una idea tan, pero tan «adelantada» (como se dice), que nadie pueda por una vez ganarle de mano.

El narrador ha escrito ya dos tercios, no, tres cuartos de este relato. La idea es buena, se felicita a sí mismo. Su única duda (o, más bien, su única duda importante) es el final. El inventor, reflexiona, tiene que acuñar una idea singular, revolucionaria, ¿pero cuál? El narrador piensa en una máquina maravillosa que permitirá elegir lo que uno quiere soñar. La programadora de sueños. Algo así. ¿Una botonera con distintas *imag. 89* opciones: personajes, argumentos, escenarios? ¿Una serie de fotos que el usuario puede emplear como punto de partida? ¿Una especie de pizarra donde dibujar una escena que la máquina pondrá en acción? ¿Una función que permite hallar en sueños aquella respuesta esquiva que no encontramos despiertos?

imag. 90

No está mal, piensa el narrador. La idea no está nada mal, ¿pero qué? ¿El inventor muere antes, horas antes, minutos antes, de concretar el invento y, vaya ironía, es la muerte el rival que esta vez le gana? Otra posibilidad: en su apremio, en su carrera contra el tiempo, no sea cosa de que alguien le arrebate eso que –intuye– es su idea más genial, el inventor se atolondra, se desordena y comete un par de errores garrafales, tanto que el primer hombre en probar la programadora (porque debe haber un cobayo, un hombre que sea el primero) no sobrevive a la experiencia. O sobrevive, sí, pero no logra despertar y vive años, décadas, atascado en ese sueño. Interesante, reflexiona el narrador. El sueño más largo del mundo. La humanidad espera que se despierte, que cuente lo que ha soñado. Y la máquina, entre tanto, hecha pedazos. ¿Carbonizada, también? Por qué no… Esa imagen concentra algo interesante.

El narrador considera que puede escribir el cuento. Que puede y que debe hacerlo porque –intuye– es su idea más genial: la programadora de sueños, en el fondo, ¿no es una metáfora de lo que él hace como escritor, inventando, combinando, reescribiendo personajes, escenarios y anécdotas? Sí, ya es hora de escribir. Tiene, al fin, lo que hace falta. Pero ya no vale la pena; otro escritor, descubre, se ha adelantado. Ha escrito un cuento que es el mismo o que es casi idéntico. Tanto que anula o banaliza el suyo. Tanto que destruye el sueño.

NOTA FINAL

De los cien textos que conforman este inventario, veintinueve se toman el ligero atrevimiento de citar escritores, libros u obras de arte que no existen, gesto que en definitiva es otro grado de invención. En cuanto a los textos restantes, se ocupan del fabuloso reino de lo verdadero, aunque algo a regañadientes.

Los textos del libro fueron escritos por Eduardo Berti, mientras que Dorothée Billard y Clemens Helmke (conocidos también como Monobloque) se ocuparon del concepto de diseño y de las ilustraciones.

INVENTOS:

www.monobloque.fr/inventario

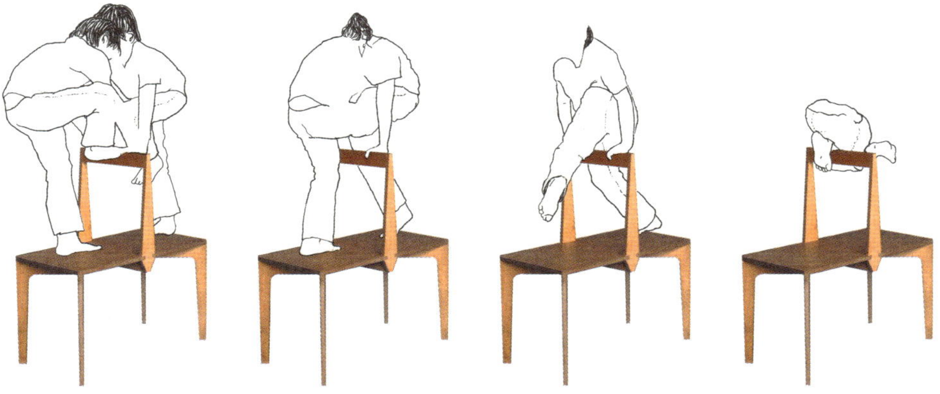

AGRADECIMIENTOS MUY ESPECIALES

Mariel Ballester, Falk Weiß, Jean-Marie Saint-Lu, Pascal Jourdana y la gente de La Marelle (Marsella), Marcelo Panozzo, todo el equipo de *una más una* (gestión y producción cultural), Mariana Sández, Alberto Manguel, Pablo Martín Sánchez, Marie-Pierre Bonniol, Pierre Bastien, todo el plantel del *Lieu Unique* (Nantes), Juan Casamayor, Enrique Redel, Gustavo Schwartz, Pascal Neveux y su equipo, Hervé Le Tellier, Paul Fournel, Friedemann Bochow, Julien Collieux, Frank Aischmann, Julieta Zarankin, Alejo Franzetti, Marion L'Helguen, Benjamin Blachon, Marlene Huster, Jérôme Orsoni, Guillermo Schavelzon, Bárbara Graham, Matilde Sánchez, Margaret Atwood y Derek Ogbourne.

Dedicamos este libro a nuestros mejores inventos, en orden alfabético: Nora, Samuel, Ulises, Zoé.

Para crear este libro, Eduardo Berti & Monobloque recibieron una beca-residencia en La Marelle, Marsella.

Primera edición en Impedimenta: marzo de 2017

Juan Álvarez Mendizábal, 34. 28008 Madrid

ISBN: 978-84-16542-76-5
Depósito Legal: M-2979-2017
IBIC: FX

Impresión de cubierta e interiores: Kadmos
Compañía, 5. 37002, Salamanca

Diseñado y maquetado por Monobloque, Berlin
En este libro se han utilizado fuentes Minion Pro y Bloque Regular

Impreso en España

Impreso en papel 100% procedente de bosques gestionados de acuerdo con criterios de sostenibilidad.

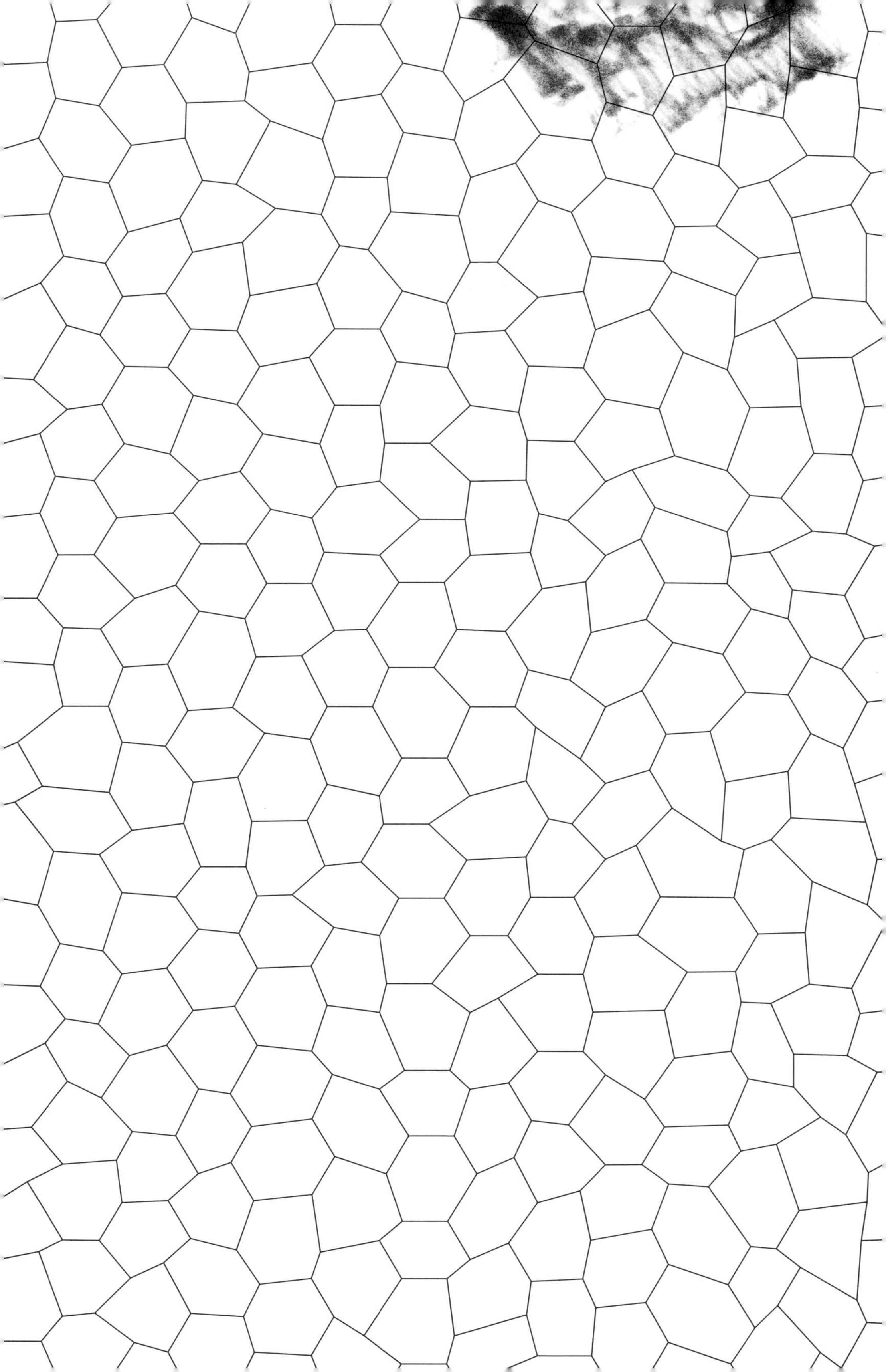